Alistuva Kokki ja muita tarinoita

Erika Sanders
Sarja
Dominointi ja eroottinen alistuminen

Synopsis

Tämä kirja koostuu seuraavista tarinoista:
Alistuva Kokki
Petti
Parempi tehdä kolmikko

Alistuva Kokki on romaani, jossa on vahva eroottinen BDSM-sisältö, ja puolestaan uusi romaani, joka kuuluu Erotic Domination -kokoelmaan, sarja romaaneja, joissa on korkea romanttinen ja eroottinen BDSM-sisältö .

(Kaikki hahmot ovat vähintään 18-vuotiaita)

Huomautus kirjoittajasta:

Erika Sanders on yli kahdellekymmenelle kielelle käännetty kansainvälinen kirjailija, joka allekirjoittaa eroottisimmat kirjoituksensa, kaukana tavallisesta proosastaan, tyttönimellään.

Indeksi

ALISTUVA KOKKI JA MUITA TARJOITA

ERIKA SANDERS

ALISTUVA KOKKI

ENSIMMÄINEN OSA
KESKINÄINEN SUOSTUMUS

LUKU 1

Kirje oli siunaus.

Pystyin tuskin pidättelemään kyyneleitäni.

Cristina oli juuri lopettanut kulinaariset opinnot ja hänen uusi catering-liiketoimintansa alkoi kivikkoilla.

Hän seisoi pienessä asunnossaan ja katseli jokaista käsinkirjoitetun kirjeen sanaa.

Rakas cristina,

Toivottavasti tämä kirje tavoittaa sinut. Anteeksi, mutta en käytä sähköpostia. Ja en yleensä pidä puheluista. Olen poissa muodista.

Olen äitisi tuttu. Tapasimme lyhyesti yhteisen ystävän juhlissa useita viikkoja sitten. Äitisi mainitsi huolettomasti catering-yrityksesi useita kertoja. Mietin sitä ja se kuulostaa mielenkiintoiselta. En ole koskaan aiemmin palkannut pitopalvelua.

Jos olet kiinnostunut uudesta asiakkaasta, ota minuun yhteyttä, niin voimme ehkä tehdä sopimuksen. Olen kauhea kokki. Ja kuulin, että olet erittäin hyvä.

Onnea ja menestystä yrityksellesi,
Paul

Lopulta hän ajatteli. Onni alkoi tulla hänen tielleen.

LUKU 2

Viikkoa myöhemmin.

Cristina ajoi läpi varakkaan naapuruston vanhalla, kolhitulla autollaan.

Hän selvästi herätti huomiota, mutta hän ei välittänyt.

Olin iloinen saadessani olla tässä naapurustossa mahdollisen työpaikan takia.

Hän parkkeerasi sen osoitteen sisäänkäynnille, jonka he olivat ilmoittaneet hänelle.

Minulla ei ollut aavistustakaan, miltä Paul näytti.

Heidän ainoa todellinen vuorovaikutuksensa oli lyhyt puhelu kokouksen järjestämiseksi.

Cristina koputti oveen.

Vanhempi musta nainen vastasi.

Naisella oli yllään piian asu.

Nainen pysyi oudon hiljaa, kun he katsoivat toisiaan.

"Hei", Cristina sanoi hankalasti. "Olen täällä tapaamassa Paulia."

Vanha musta nainen nyökkäsi.

"Tule tänne."

Cristina astui sisään ja piika sulki oven.

Piika johdatti hänet ylös melko suuren talon portaita pitkin.

Cristina katseli ympärilleen kateudella.

Kaikki oli vanhaa, tummaa ja maalaismaista.

Antiikkia oli kaikkialla.

Seinillä oli esillä klassisia maalauksia.

He tulivat käytävälle , ja piika avasi oven koputettuaan ensin.

Cristina astui sisään, sitten piika lähti.

Se oli toimistohuone.

Paul istui pöytänsä takana työskennellen.

Hän oli noin 40-vuotias komea mies.

Hänen kasvoillaan oli kivimäinen ilme, jota oli mahdoton lukea.

Hänen kasvonsa olivat täydelliset pokeriin.

Hänen kasvonsa pysyivät ilmeettömänä.

"Olkaa hyvä ja istukaa", hän sanoi.

Cristinaa pelotti hänen läsnäolonsa ja hänen oma yrityskokemuksen puute.

En ollut koskaan aiemmin tehnyt sopimusta.

Hän istui työpöytänsä edessä.

"Sinun täytyy olla uusi tällä alalla", hän sanoi.

"Miksi sanot noin?"

"Tunsin hermostuneisuutesi, kun tulit sisään. Sinun pitäisi yrittää rentoutua. Älä huoli, olen täällä auttamassa sinua kaikessa mitä tarvitset."

Hän hymyili kiusallisesti.

"Pidän sen mielessäni."

"Okei. Kerro nyt catering-yrityksestäsi."

"No, se on vielä melko uusi", hän sanoi hetken pohdittuaan. "Voin valmistaa ateriat juuri sinun mieltymystesi mukaan. Jos tarvitset tarjoilua juhliin, voin palkata lisää ihmisiä. Minulla on paljon ystäviä kulinaarisesta koulusta."

"Se ei ole tarpeen. Työskentelet mieluummin yksin. On vähemmän ongelmia sillä tavalla."

Cristina nyökkäsi päätään.

"Oletan, että asut yksin ja haluat minun valmistavan sinulle ateriat?"

"Erittäin taitava."

"Oliko sinulla mielessä jokin erityinen sopimus?"

"Se riippuu", Paul vastasi. "Oletko kiireinen? Onko sinulla kiire?"

Hän hymyili hänelle nolostuneena.

"Päinvastoin. Olet ensimmäinen todellinen asiakkaani. Olen tehnyt pieniä asioita siellä täällä. Lähinnä äitini ystäville, jotka tekivät minulle palveluksen."

"Haluatko ilmaista yritysneuvontaa? Älä koskaan paljasta heikkoutta. Ei kuulosta hyvältä."

"Voi, tottakai. Muistan."

"Mitä tulee sopimukseen", Paul vastasi. "Voisitko valmistaa minulle aterioita? Lounas ja päivällinen."

"Toki. Se ei ole ongelma."

"Erinomainen. Haluaisin, että ateriat toimitetaan kotiini klo 11.30 aamulla terävästi. Maanantaista perjantaihin."

"Tietenkin", hän myöntyi.

"Tämä sopimus kestää ainakin muutaman seuraavan kuukauden ajan. Kenellä tahansa meistä on mahdollisuus irtisanoa sopimus milloin tahansa. Ymmärsitkö?"

"Kyllä minä ymmärrän."

"Erinomainen."

"Onko sinulla ruokatottumuksia?" Cristina kysyi. "Erikoisuuksiani ovat ranskalaiset, italialaiset ja erilaiset aasialaiset tyylit..."

Hän pudisti päätään.

"Sillä ei ole väliä. Tuo hänet vain ajoissa."

"Hyvin."

"Keskustellaan nyt numeroista. Miltä 100 dollaria päivässä kuulostaa sinusta? Onko se reilua?"

Cristinan silmät laajenivat.

Työ ja tarjottu määrä olivat paljon enemmän kuin odotin.

Hän tajusi, että hänen täytyy näyttää typerältä pentuilme naamallaan, joten hän palasi malttinsa.

"Se kuulostaa järkevältä", hän vastasi rauhallisesti. "Kyllä se on hyvä."

"Sitten asia on ratkaistu. Voitko aloittaa huomenna?"

"Ei hätää. Mutta oletko varma, ettet halua kokeilla ruoanlaittoani ensin?"

"Rehellisesti sanottuna en välitä ruuan mausta. Kävit kulinaarista koulua. Se riittää minulle. En halua huolehtia ruoasta työskennellessäni."

Cristina nyökkäsi päätään.

"Okei. Ymmärrän. Voinko kysyä mitä teet? Talosi on kaunis. Rakastan maalaismaista tunnelmaa."

"Olen tehnyt monia asioita elämässäni. Nykyään olen taidekauppias. Kaupan myös harvinaisia antiikkiesineitä. Tällä hetkellä keskityn kirjoittamiseeni."

"Mitä kirjoitat?" hän kysyi.

"Muistokirja. En väitä olevani joku kuuluisa tai tärkeä. Mutta minulla on tarinoita kerrottavana. Olisi sääli, jos kukaan ei kuulisi niitä. Työskentelen myös joidenkin kaunokirjallisuuden parissa."

"Voi, se kuulostaa mielenkiintoiselta. Ehkä voin lukea ne joskus. Rakastan elämäkertojen ja muistelmien lukemista."

Paul hymyili kevyesti.

"En usko, että olisit kiinnostunut."

"Miksi ei?"

"Se on arvaus. Mutta kuka tietää? Joskus olen väärässä näiden asioiden suhteen."

"Okei", Cristina nyökkäsi kiusallisesti.

Paul nousi seisomaan ja käveli kohti Cristinaa.

Hänkin ymmärsi ja nousi seisomaan.

Paul oli melkein jalka häntä pidempi.

Hänen ruumiinsa kohosi Cristinan ohuen, siron vartalon yläpuolelle.

Hän ojensi kätensä ja he kättelivät.

"Meillä on virallinen sopimus", hän sanoi. "Odotan ensimmäistä aterioita huomenna klo 11.30 aamulla. Älä myöhästy. En siedä tottelemattomuutta."

Hän nielaisi.

"Kyllä herra."

LUKU 3

Cristina oli edelleen vaikuttunut tapaamisesta Paulin kanssa.

Hän makasi sängyllä ja katsoi kattoon.

Tarjous vaikutti liian hyvältä ollakseen totta.

Se oli melkein uskomatonta.

Mutta pelkäsin, että se oli julma vitsi, ajattelin.

Hän otti puhelimensa ja soitti äidilleen.

Hänen äitinsä vastasi aina hänen puheluihinsa vain muutamalla soitolla.

Kun hän vastasi puhelimeen, Cristina ei haaskannut aikaa ja selitti hänelle kaiken.

Yhtään yksityiskohtaa ei säästelty.

Cristina kertoi äidilleen kaiken tarjouksesta ja kaikista tunteista, joita hänellä oli, kun hän tapasi Paulin.

"Se on upeaa", äiti vastasi.

"Tiedän. Se on tavallaan hullua, eikö? Mutta en usko mitään tästä ennen kuin rahasi ovat kädessäni. Siihen asti kuvittelen pahinta."

"Keskity positiivisiin ajatuksiin, Cristina. Yrityksesi on vihdoin nousussa."

"Toivon niin. Tarkoitan, 100 dollaria päivässä kahdesta ateriasta? Vaikka hän irtisanoisi minut ensi viikolla, olen silti iloinen, että tein niin paljon rahaa."

"En olisi siitä huolissani."

"Mitä tarkoitat?" Cristina kysyi.

"Ilmeisesti Paulilla on hyvät taloudelliset varat."

"Tajusin. Hänen talonsa oli kuin museo."

"Siinä se on. Sinun ei tarvitse huolehtia hänen taloutensa kuivumisesta. Pidä hänet vain tyytyväisenä loistavilla aterioilla, erinomaisella palvelulla ja älä myöhästy."

"Mitä sinä tiedät siitä miehestä?" Cristina kysyi vakavammalla äänellä. "Näyttää vähän oudolta, eikö?"

Hänen äitinsä mietti hetken.

"Jotenkin. Tapasin hänet vain kerran juhlissa. Hän on erittäin älykäs kaveri. Ei hölynpölyä. Suoraviivaista."

"Se on ehdottomasti hän", Cristina vitsaili.

"Älä kuitenkaan aliarvioi häntä. Hän on ilmeisesti rakastavainen naisten kanssa."

"Todella?"

"Se on mitä olen kuullut. Varmista, että pysyt kaukana hänen vastustamattomasta viehätysvoimastaan", hän vitsaili.

"Hyvin hauska", Cristina vastasi. "Ei kuitenkaan todellakaan minun tyyppiäni. Liian vanha. Ja liian tylsä."

"Olen iloinen, että yrityksesi on lähtenyt hyvin käyntiin."

"Katsotaan."

"Keskity positiivisiin ajatuksiin, Cristina."

LUKU 4

Viikot kuluivat.

Cristina oli valmistanut Paulille jo kymmeniä aterioita.

Ja hän oli ansainnut tuhansia dollareita sinä aikana.

Päivittäinen rutiini oli aina sama.

Herää aikaisin aamulla.

Kokki.

Laita kaikki huolellisesti astioihin.

Vie hänet Paulin taloon ennen klo 11.30 aamulla.

Älä koskaan myöhästy.

Eikä koskaan tottele.

Eräänä päivänä Cristinaa pyydettiin valmistamaan lounas, jonka hän oli tuonut, lautaselle keittiössä.

Joten hän teki sen.

Se oli ensimmäinen kerta, kun suoritin tehtäviä Paulin keittiössä.

Hän oli ylpeä ruoastaan.

Hän tiesi, että se maistui hyvältä, vaikka Paavali ei ollut koskaan kiittänyt häntä siitä.

Hän tuli alas portaita arkivaatteissa.

Kuten aina, hänen kasvonsa olivat lähes ilmeettömät.

Hän katsoi ruokapöydällä tarjottua ruokaa eikä vaivautunut kommentoimaan sitä.

"Pitäisikö minun mennä nyt?" Cristina kysyi hämmentyneenä.

"Jää hetki. Haluan kysyä sinulta jotain."

"Hyvin."

Paul istui ruokapöydän ääressä Cristinan pysyessä seisomassa.

"Mitä muita palveluita tarjoatte?" kysyi. "Ruoanlaiton lisäksi."

Cristina oli yllättynyt ja pysyi paikallaan.

Hän valmistautui uusiin edistysaskeliin.

Olin valmistautunut seksuaaliseen häirintään.

"Teen rehellistä catering-palvelua. Valmistan gourmet-aterioita. Siinä kaikki. Jos etsit muita palveluita, suosittelen, että etsit muualta."

"Ja miksi se on?" hän kysyi ankarasti.

"Rehellisesti sanottuna et ole minun tyyppiäni."

"Et sinäkään ole minun tyyppiäni."

Hän tunsi olonsa loukkaantuneemmaksi.

"Katso, mielestäni järjestelymme toimii hyvin. Pidetään se sellaisena. Mikään muu ei toimi."

"Luuletko, että pyydän seksuaalisia palveluksia?" kysyi.

Cristina jäätyi.

"Eikö se ole näin?"

"En usko sitä."

Hänen kasvonsa muuttuivat punajuuren punaisiksi.

"Voi, olen pahoillani herra."

"Unohda se", hän vastasi. "Kysyn, koska piikaani jää pian eläkkeelle. Jos sinulla on ylimääräistä aikaa, voisit ehkä auttaa minua siivoustehtävissäni."

"Mitä minun pitäisi tehdä?"

"Ei mitään vaikeaa. Puhdista astiat. Pidä kaikki puhtaana."

"Minun täytyy miettiä sitä."

"Saat tietysti hyvän korvauksen", hän vastasi. "Ja älä huoli, en pyydä sinulta seksiä. Et ole minun tyyppiäni."

Hän punastui jälleen.

"Olen pahoillani aikaisemmasta. Mutta harkitsen sitä. Miksi ei?"

"Ole hyvä ja harkitse tarjousta. Työni sujuu hyvin ja olisin kiitollinen avusta kodin kunnossapidossa."

"Sinä et käy paljon ulkona, vai mitä?"

"Olen jo matkustanut ympäri maailmaa ja nähnyt kaiken", hän vastasi. "Tässä osassa elämääni keskityn kirjoittamiseeni. Joskus käyn ulkona. Rakastan edelleen liikuntaa. Mutta en halua huolehtia kodin kunnossapidosta. Vaikutat osaavalta nuorelta naiselta, joten tarjoan sinulle lisätyö."

Cristina nyökkäsi päätään.

"Se on erittäin antelias sinulta."

"Lisärahalla voisi ostaa itselleen uuden vaatekaapin ja uuden auton."

Hän oli hieman järkyttynyt tästä kommentista.

"Ymmärrän. Tarvitsen rahaa. Sinun ei tarvitse hieroa sitä naamaani."

"En yrittänyt tehdä sitä."

"Okei. Minä teen sen. Teen sinulle ylimääräisiä siivoustehtäviä."

"Erinomainen", hän vastasi harvinaisen hymyillen. "Keskustelemme kentällä myöhemmin."

Hän käveli Paulin luo ja ojensi kätensä kädenpuristukseen.

Paul nousi seisomaan kuin herrasmies ja kätteli häntä.

Sopimus sinetöitiin.

TOINEN OSA
SULJETTU OVI

LUKU 5

Cristina onnistui löytämään muita asiakkaita pieniin töihin.

Mutta suurin osa hänen työstään tehtiin Paavalille.

Hän valmisti ateriansa viikon jokaisena päivänä.

Ajan myötä hän alkoi tehdä enemmän työtä hänen hyväkseen.

Hän teki pieniä siivoushommia ylimääräisestä rahasta.

Cristina oli aina ollut sekava ihminen kotitöissä, joten hänen mielestään oli ironista, että hän teki kotitöitä jonkun toisen puolesta.

Mutta rahat olivat hyvät, joten hän ei välittänyt.

Astiat piti puhdistaa ja järjestää tietyllä tavalla.

Ikkunoiden piti olla tahrattomia.

Huonekalujen oli oltava pölyttömiä.

Paul siivosi lattiat itse.

Paul oli hyvin erityinen henkilö.

Ja nuo piirteet saivat Cristinan joskus hulluksi.

Mutta raha oli hyvä.

Tavallaan Cristina oli ylpeä voidessaan auttaa Paulia.

Jollain oudolla tavalla minusta tuntui, että autin Paulia saavuttamaan tavoitteensa, että hän kykenisi kirjoittamaan kirjansa.

Hän välitti hänestä ihmisenä.

LUKU 6

Ruokapöytä oli siisti.

Lounas oli valmistettu.

Cristina katsoi lautasta ja ihaili hänen kaunista työtään.

Kulinaarinen koulu oli sen arvoista.

Hän ei malttanut odottaa, että Paul kokeilisi sitä, vaikka Paavali ei koskaan antanut kehuja.

Paul oli epätavallisen myöhässä päivälliseltä.

Hän ei ollut koskaan myöhässä.

Yläkerran ovi oli hieman auki ja Cristina kuunteli näppäimistön kiivaasti käyttöä.

Hän tiesi, että hän oli edelleen kiireinen.

Hän käveli portaikkoa kohti ja mietti, pitäisikö hänen soittaa hänelle vai ei.

Hän ei halunnut keskeyttää työtään.

Mutta hän tiesi, että Paul oli mies, joka tarvitsi järjestystä.

Ehkä olet menettänyt ajantajusi?

Sitten hän näki hänet.

Portaikon lähellä ovi oli auki, hieman auki.

Se oli huone, jonka Paavali oli sanonut olevan kielletty.

Paul halusi minun siivoavan kaikki huoneet paitsi tuon huoneen.

Cristinan uteliaisuus saavutti huippunsa.

Kuulin yhä Paulin kirjoittavan yläkerrassa.

Hän halusi katsoa salaista huonetta.

Halusin tietää Paulin pienet salaisuudet , olivatpa ne kuinka pieniä tahansa.

Hän oli kiinnostunut hänestä.

Hän oli kiinnostunut miehestä, jota hän oli palvellut viikkoja.

Hän otti muutaman rauhallisen askeleen kohti ovea.

Hän työnsi päänsä sisään.

Huone oli pimeä.

Hän laittoi valokytkimen päälle ja huone oli kirkkaasti valaistu.

Cristinan yllätykseksi makuuhuone oli talon vähiten tyylikäs paikka.

Mutta kaikki näytti antiikkilta.

Hän käveli sisään ja katseli ympärilleen.

Siellä oli erilaisia puisia ja metallisia laitteita.

Suunnitelmat näyttivät olevan keskiajalta.

Laitteet vaikuttivat riittävän suurilta, jotta ihminen voisi istua tai makuulla.

Useita ruoskoja ja ketjuja riippui seinällä.

Läheisellä pöydällä oli monia köysiä.

Cristina kosketti sormellaan metallilaitetta.

Hän antoi hänelle sormensa ja katsoi häntä.

Hänen sormenpäänsä oli peitetty hienolla pölykerroksella.

Huonetta ei ole käytetty pitkään aikaan.

"Sinun ei pitäisi olla täällä", Paul sanoi takaapäin.

Cristina yllätti hänen äänensä ja hyppäsi.

Hän kääntyi ympäri nähdäkseen Paulin seisovan oven vieressä.

"Voi, olen pahoillani."

"Enkö sanonut, että tämä huone on tehtäviesi ulkopuolella?" hän kysyi kävellen rennosti sisään.

"Tiedän. Mutta se oli auki ja olin utelias. Ajattelin, että ehkä haluat minun puhdistavan sen."

"Ei. Aioin puhdistaa sen itse myöhemmin."

Cristina nielaisi.

"Ruoasi on valmis. Alkaa olla kylmä."

"Se voi odottaa", hän vastasi ja käveli huoneeseen katsomaan laitteita . "Sinun täytyy ihmetellä, mistä tässä on kyse."

"Se näyttää keskiaikaiselta kidutuskammiolta."

"Olet melkein oikeassa. Jotkut näistä asioista rakennettiin vuosisatoja sitten keskiajalla. Mutta ei välttämättä kidutusta varten."

"Mitä varten sitten?"

"Ilo. Seksuaalinen nautinto", hän vastasi tylysti.

Cristina hämmästyi.

"En voi kuvitella kuinka. Nämä asiat näyttävät niin tuskallisilta."

"Tämä on pointti."

"Joten ne ovat pohjimmiltaan bondage-laitteita?"

Hän nyökkäsi.

"Nämä fetissit ovat olleet olemassa vuosisatoja. Voitteko uskoa, että nämä laitteet on rakennettu kuninkaallisille perheille ja aatelistoille?"

"En olisi yllättynyt. Useimmat rikkaat ihmiset ovat hieman turmeltuneita."

Hän kohotti kulmakarvojaan.

"Kattaako se minut?"

"Voi ei, en tarkoittanut sinua", hän perääntyi nopeasti.

"Minä vain pilailin."

Cristina rentoutui.

"Tietenkin. Miksi siis kaikki nämä tavarat on lukittu tähän huoneeseen? Mikset myy niitä museolle tai jotain?"

"Ehkä jonain päivänä. Mutta toistaiseksi kirjoitan niistä kirjassani. Ajattelin myös ottaa niistä kuvia. Siksi huone oli auki."

"Kirjasi on varmasti mielenkiintoinen."

"Toivon niin", hän vastasi. "Olen kirjoittanut seksistä. Seksuaalisesta herruudesta ja orjuudesta."

Cristina kohotti kulmakarvojaan.

"Oikeasti? Et vaikuta mieheltä sellaiseen."

"Joten miltä mieheltä näytän?"

"En tiedä. Pehmeä. Mansikka. Ei millään pahalla."

"Ei millään pahalla", hän vastasi. "Olin hyvin erilainen ihminen vuosia sitten. En aina ollut niin eristäytynyt."

"Mikä muuttui?"

Paul hieroi sormiaan metallilaitetta vasten.

"Se on pitkä tarina. Voit lukea kirjani, kun olen kirjoittanut sen."

"No, odotan sitä innolla. Kuulostaa siltä, että sinulla on mielenkiintoisia tarinoita kerrottavana."

"Tiedätkö mikä mestari on?" kysyi.

"Vain perusasiat", hän kohautti olkiaan. "Kaveri, joka pomoaa naisia ympäriinsä. Ruoskat. Ketjut. Piiskaa. Sellaista, eikö?"

"Ihan tavallaan. Olen ollut mestari monille alistuville naisille. Kauniita naisia, joilla on synkät halut."

"Löitkö niitä?" hän kysyi uteliaana.

"Joskus."

"Mikä näissä laitteissa on vikana?" hän kysyi. "Oletko koskaan käyttänyt niitä orjillesi?"

"Toisinaan. Mutta menetelmät eivät ole tärkeitä. Kyse ei ole piiskauksesta tai laitteista. Kyse on antautumisesta. He antavat minulle ruumiinsa. Ja minä teen niillä mitä haluan. Loppujen lopuksi ilo on molemminpuolinen."

Cristina oli hetken hiljaa.

Hän katsoi Paavalia suoraan silmiin ja tiesi, että jokainen hänen sanansa oli totta.

Hän tiesi, että Paulilla oli siitä kokemusta.

Hän tiesi, että Paul halusi tehdä sen uudelleen.

"Ruoasi on jäähtynyt", hän sanoi.

"Sekö vain sinua kiinnostaa?"

Hän jäätyi hetkeksi.

"No, catering on se, mihin palkkasit minut, eikö niin?"

"Olet fiksu tyttö", hän sanoi hieman hymyillen. "Alan pitää sinusta."

Paul käveli ja taputti Cristinaa ystävällisesti olkapäälle.

Sitten hän kääntyi ympäri ja poistui huoneesta, kun Cristina oli hämmentynyt kiusallisesta kohtaamisesta.

Hän seurasi häntä ruokasaliin ja katsoi hänen syövän.

LUKU 7

Myöhemmin samana iltana.

Se oli puhelu, jonka Cristina oli pelännyt tulevan muutaman viime kuukauden ajan.

"Kuten?!" Cristina kysyi.

"On vihdoin aika", äiti vastasi. "Isäsi ja minä emme enää tue sinua taloudellisesti. Koemme, että olet tarpeeksi vanha huolehtimaan itsestäsi."

"Ymmärrätkö, että kaupungissa asuminen on kallista, eikö niin?"

"Rakas, kukaan ei pakota sinua asumaan kaupungissa. Aina voi muuttaa lähemmäs kotia ja löytää halvempaa asumista."

"Ei, kiitos", Cristina huokaisi.

"En tiedä miksi toimit niin yllättyneenä. Olen varoittanut sinua muutaman viime kuukauden ajan. Kun olin sinun ikäinen, minä..."

"Ajat ovat muuttuneet äiti. Oletko nähnyt uutisia? Tämä taloudellinen tilanne on vaikea. Elinkustannukset ovat hulluja"

"Mutta sinun yrityksesi on nousussa", äiti vastasi.

"Tuskin."

"Sinun on oltava hieman enemmän bisnestaito, jos haluat menestyä. Kaupungissa on niin paljon potentiaalisia asiakkaita. Sinun tarvitsee vain löytää heidät. Olet loistava kokki ja hyvä ihminen. Uskon sinä, Cristina."

"Kyllä, olet oikeassa. Ajattelin ottaa yhteyttä useisiin yrityksiin selvittääkseni, tarvitsevatko ne juhlaruokailua."

"Se on yrittäjähenkeä", äiti vastasi ylpeänä.

"Jos elämä olisi niin helppoa."

"Hyvät asiat tulevat, kun olet sinnikäs. Siitä puheen ollen, työskenteletkö edelleen Paulin kanssa? Miten se menee?"

"Se menee hyvin", Cristina sanoi epämääräisesti.

"No? Siinä se? Onko mielenkiintoisia yksityiskohtia?"

"Ei oikeastaan. Teen hänelle ruokaa viisi päivää viikossa. Hän maksaa minulle paljon rahaa tarjoamastani palvelusta. Hän on tavallaan outo kaveri."

"Katso, kuka puhuu", hänen äitinsä vitsaili.

"Hauska."

"Minä vain vitsailen. Olet oikeassa. Paul näyttää hieman etäiseltä. Hän on kuitenkin älykäs kaveri."

"Hän on ehdottomasti mielenkiintoinen henkilö", Cristina vastasi. "Ja hän pitää minut töissä. Joten en voi valittaa."

"Ei sinunkaan. Jos haluat yrityksesi kasvavan, sinun tulee aina jättää asiakkaasi tyytyväisiksi. Se on aina toiminut minulle."

Cristina pysähtyi hetkeksi.

"Tiedätkö, annoit minulle vain idean."

"En ole varma, pidänkö sen äänestä."

"Kiitos äiti. Olet paras."

"No, pidä huolta itsestäsi, Cristina. Tuen sinua aina. Rakastan sinua."

"Minäkin rakastan sinua äiti."

Puhelun päätyttyä Cristinalla oli luja päättäväisyyden tunne.

Hän oli päättänyt menestyä ilman vanhempiensa apua.

LUKU 8

Seuraava päivä.

Cristina odotti tarkkaavaisesti, kun Paul söi lounaansa.

Hän siivosi keittiön ja hoiti joitain kotitöitä hänen puolestaan.

Kun Paul lopetti syömisen, hän palasi ruokasaliin ja otti lautasen häneltä.

Ennen kuin Paulilla oli mahdollisuus lähteä, hän seisoi ruokapöydän edessä kunnioittavassa asennossa.

"Olen ajatellut", Cristina sanoi kädet ristissä. "Tämä järjestely on toiminut todella hyvin. Olen hoitanut suurimman osan aterioistasi ja kotitöistäsi , jotta voit keskittyä työhön."

Paul nojautui taaksepäin tietäen, että ehdotus oli tulossa.

"Olen samaa mieltä. Tämä on toiminut hyvin. Paremmin kuin odotin."

"Joten, miltä sinusta tuntuisi, jos haluaisin laajentaa tehtäviäni täällä? Lisärahalla tietysti."

"Teet jo enemmän kuin minä tarvitsen. Ja minä maksan sinulle jo nyt erittäin anteliasta palkkaa."

"Arvostan sitä", Cristina sanoi kohteliaasti. "Mutta hyötyisit enemmän, jos tekisin enemmän asioita puolestasi. Naisen kosketus on aina hyödyllinen naimattomalle miehelle."

Paul mietti hetken.

"Se on mielenkiintoinen kohta. Jatka."

"Olen varma, että voin tehdä sinulle paljon muita asioita."

"Kuten mitä?"

Cristina mietti hetken.

"No, se on sinusta kiinni. Ehkä voisin puhdistaa ne laitteet lukitussa huoneessa. Se huone oli pölyinen. Voisin tehdä ylimääräistä siivousta. Ja ehkä voisin järjestää juhlat sinulle."

"Miksi olet yhtäkkiä niin kiinnostunut suuremmasta rahasta?" Paul kysyi.

"Luulen, että voisit hyödyntää naisen kosketusta. Ajattele kaikkia juhlia, joita voisit järjestää. Ihmiset rakastaisivat ruokaa. Sosiaalinen elämäsi olisi mahtavaa."

"Kerro minulle totuus. Miksi tarvitset ylimääräistä rahaa?"

Cristina pysähtyi hetkeksi.

"Vanhempani eivät aio antaa minulle enempää käteistä. Ja vuokra tässä kaupungissa on ylivoimainen. Jos tarvitset jotain muuta täällä, teen sen mielelläni."

Paul nyökkäsi myötätuntoisesti.

"Pidän sinusta ihmisenä, Cristina. Työskentelet kovasti ja pidät siitä hauskaa. Mutta en aio antaa sinulle ilmaista rahaa, varsinkaan kun maksan sinulle jo komeasti."

"Ymmärrän", Cristina vastasi yrittäen hillitä suruaan. "Kiitos, että kuuntelitte minua joka tapauksessa. Palaan huomenna."

"En ole vielä saavuttanut viimeistä kohtaani", hän lisäsi. "Yritän keksiä jotain. Jotain, joka sopii sinun taitosi ja ominaisuuksiisi. Kun löydän jotain, ilmoitan sinulle ja saat siitä palkinnon. Kuulostaako reilulta?"

Hän hymyili.

"Kuulostaa hyvältä".

LUKU 9

Päivät kuluivat.

Paul ei koskaan tehnyt tarjousta.

Cristina ei koskaan kysynyt häneltä, koska hän ei halunnut häiritä.

Hän valmisti Paulin lounaan tavalliseen tapaan.

Paul tuli alakertaan ruokasaliin tavallista aikaisemmin.

Hän istui ja odotti, kun Cristina vielä valmisteli kaikkea.

"Se näyttää hyvältä", hän sanoi, kun Cristina toi ruokalautasen.

Hänestä tuntui todella oudolta onnitella häntä.

"Kiitos. Se on paistettua lammasta, jossa on paistettuja vihanneksia."

Paul veti istuimen viereensä.

"Istu alas. Haluan keskustella kanssasi jostain."

Cristina istui ja odotti, mitä hänellä oli sanottavaa.

"Olen ajatellut lisätyöpyyntöäsi", hän sanoi. "Erityisesti naisellisen kosketuksen tarpeesta täällä. Joka tapauksessa, menen suoraan asiaan, voisin käyttää joitain sinun tekstejäsi inspiraationa kirjoitukseeni."

"Inspiraatiota? Miten niin?"

"Ehkä voisit poseerata minulle. Olen viime aikoina kamppaillut kirjoittajan kanssa, ja jokin katsottava saattaa auttaa."

Cristina ilmaisi huolestuneen ilmeen.

"Oletko varma, ettet halua minun järjestävän sinulle juhlia tai jotain? Se toimii luultavasti paremmin."

"Minua ei kiinnosta juhlien järjestäminen", hän vastasi nojaten taaksepäin tuolissaan. "Anteeksi, kysyin vain. Se oli sopimatonta."

Hän ajatteli hetken.

"Paljonko rahaa tarjoat?"

"Se kaikki riippuu."

"Osta?"

"Työstä, jonka tulet tekemään", hän sanoi. "En ole koskaan aiemmin palkannut mallia. Mutta tiedän, että se auttaisi kirjoittamisessani."

"No, pidän sen mielessäni."

"Älä. Oli virhe kysyä. Jos et pahastu, haluaisin syödä nyt. Minulla on muuta tekemistä myöhemmin."

"Teen sen!" Cristina tiuskaisi.

"Että?"

"Se mallityö, jota tarjosit minulle. Kukaan ei tiedä, eikö? Se pysyy tiukasti meidän välillämme, eikö niin?"

"Niin on", hän myöntyi. "Siitä ei tule mitään levyä. Tarvitsen vain inspiraatiota."

"Olen kiinnostunut."

Paul huokaisi hieman.

"En usko, että ymmärrät. Olin hätäinen tarjouksessani. En usko, että makuni on sinua varten."

"Miksi ei?"

"Koska näytit niin epämukavalta dominointihuoneessa."

Cristina oli hieman hämmästynyt.

Hän yhtäkkiä tajusi, että Paavali etsi inspiraatiota herruudestaan.

Mutta siitä huolimatta hän ajatteli rahaa.

"Voin oppia olemaan mukava sen kanssa", hän vastasi. "Anna minulle aikaa. Niin kauan kuin kukaan ei tiedä, pärjään hyvin."

Paul katsoi häneen pitkän, skeptisen katseen.

"Kuten haluat. Tule tänne huomenna aamulla puoli kahdeksalta. Selvitämme asiat siitä lähtien."

"Kiitos."

Cristina nousi seisomaan ja ojensi kätensä kädenpuristukseen.

Paul ojensi kätensä ja puristi häntä.

LUKU 10

Myöhemmin samana iltana.

Cristina oli keittiössä valmistelemassa aterioita seuraavalle päivälle.

Hän tiesi, ettei hänellä olisi aikaa tehdä sitä seuraavana päivänä, koska Paul odotti hänen olevan siellä puoli kahdeksalta aamulla.

Kun kaikki oli valmis, Cristina katsoi peiliin.

Hän pohti, oliko hän tarpeeksi kaunis malliksi Paulille.

Hän ihmetteli, mitä yllätyksiä huoneessa oli.

Oli se sitten makeaa tai ei.

Ja hän ihmetteli, kuinka paljon rahasta puhumme.

Paavali oli aina ollut antelias taloudellisten maksujen suhteen.

Ennen kaikkea hän ihmetteli, kuinka paljon ylivaltaa Paavali halusi nähdä.

Cristinan rationaalinen puoli hallitsi tilannetta: raha on hyvästä.

Eikä kukaan koskaan saa tietää.

Pieni salaisuuteni Paulin kanssa.

Hän riisui ja kokeili kauniita asuja makuuhuoneen peilin edessä.

Lopulta hän päätti yksinkertaisen keltaisen mekon.

Se ei ollut liian paljastava.

Eikä hän myöskään ollut liian röyhkeä.

Se oli oikea keskikohta.

Hän harjasi hiuksensa ja ajatteli, kuinka paljon meikkiä käyttää.

Joten hän päätti olla tekemättä sitä.

Se tekisi tilanteesta liian hankalan.

Kaikki oli valmista.

Hän oli valmis töihin.

LUKU 11

Seuraavan päivän aamuna.

Cristina ilmestyi Paulin taloon varttia kahdeksan.

Hän halusi varmistaa, että hän oli valmistautunut etukäteen.

Hänellä oli yllään keltainen mekko.

Hänen hiuksensa olivat siististi kammatut ja kasvot puhtaat meikistä.

Hän oli jo luonnostaan kaunis.

Kun Cristina asetti ruoka-astiat keittiön jääkaappiin, he istuivat yhdessä yksityisessä huoneessa puisten laitteiden päällä.

"Mitä sinulla on mielessäsi?" Cristina kysyi.

"Se riippuu. Mitkä ovat rajasi?"

Cristina kohautti olkapäitään.

"En tiedä. En ole koskaan ennen tehnyt tällaista."

"Sitten meidän on parasta ottaa selvää."

Cristinan silmät katselivat hetken huonetta uudelleen.

Se oli talon tylsin huone.

Seinät olivat sileät.

Mutta muinaisia laitteita oli erikokoisia ja -muotoisia.

He kaikki näyttivät niin pelottavilta.

"Pidän mieleni avoimena", hän sanoi. "Mutta minä en pidä kivusta. Enkä halua sinun työntävän minua liian nopeasti. Ei tarvitse kiirehtiä. Okei?"

Hän nyökkäsi.

"Kiitos selkeästä puheesta. Sinun pitäisi tietää, että olen erittäin kärsivällinen mies. Olen tehnyt tätä useiden vuosien ajan lukemattomien alistuvien naisten kanssa. En koskaan painosta kovemmin, ellei hän ole valmis."

Nuo sanat saivat Cristinan selkärankaan oudon tunteen.

En voinut lakata ajattelemasta ilmausta "alistuvat naiset".

Hetkessä hän tajusi, että hän voisi hyvinkin olla samassa asemassa kuin nuo "alistuvat naiset".

"Okei", hän nyökkäsi. "Kiitos. Miten meidän pitäisi aloittaa?"

Paul nousi seisomaan ja käveli hitaasti ympäri huonetta katsellen jokaista laitetta Cristinan istuessa vaatimattomassa asennossa.

Hän katsoi jokaista laitetta tavalla, joka sai Cristinan hermostuneeksi.

"Oletko koskaan ollut sidottu ennen?" Paul kysyi.

Cristina pudisti päätään.

"Ilmiselvästi ei."

"Haluaisitko olla?"

"En tiedä."

Hän viittasi puupöytää kohti.

"Miksi et yrittäisi?"

"En tiedä", hän kohautti olkapäitään hermostuneena.

"Onko tämä liikaa sinulle? Minun täytyy nähdä jotain inspiraatiota varten. Sinun istumasi katseleminen ei auta minua paljon."

Cristina nousi hitaasti ylös ja hengitti syvään.

"Teen mitä haluat."

"Oletko varma? Cristina, en halua sinun tekevän jotain, josta et ole tyytyväinen. Voin löytää muita tapoja maksaa sinulle."

Hän veti toisen syvään henkeä.

"Ei, olen varma. Pääsimme sopimukseen mallina toimimisesta, ja aion mennä eteenpäin."

"Oletko varma?"

"Kyllä, täysin."

"Makakaa sitten", Paul sanoi ja osoitti puupöytää kohti.

Pöytä näytti tuskallisen epämukavalta.

Se näytti vanhalta ja rustiikkiselta.

Mutta se oli tarpeeksi matala, jotta ihminen saattoi helposti makaa sen päällä.

Pöydän molemmilla puolilla oli vanhoja metallitankoja, mikä sai Cristinasta epämukavan tunteen.

Hän laittoi tunteensa syrjään ja nojautui taaksepäin pöydälle.

Se oli tuskallista ja epämukavaa, kuten hän odotti.

Hän oli vakuuttunut siitä, että pöytä oli suunniteltu kidutukseen, ei nautintoon.

Hän ihmetteli, kuinka joku voi nauttia sellaisesta.

Hän makasi pöydän keskellä ja katsoi suoraan kattoon.

"Aion sitoa ranteesi", hän sanoi seisoessaan naisen pään yli.

Hän oli hetken hiljaa katsoessaan Paulin hahmoa, joka seisoi hänen yllään.

"Okei", hän vastasi nostaen ranteitaan. "Eteenpäin."

Paul otti varovasti hänen ranteitaan ja toi ne pöydällä olevaan metallitankoon.

Baari oli kylmä, kuten hän odotti.

Rakenne hänen ihoaan vasten ei ollut kovin sileä, mikä oli merkki siitä, että tanko oli valmistettu kauan sitten, ennen nykyaikaisia koneita.

Hän tunsi ranteensa olevan sidottu tankoon paksulla köydellä.

Cristina ei vaivautunut katsomaan.

Hän piti katseensa kattoon.

"Satuttaako?" kysyi.

"En voi hyvin."

Hänen askeleensa kuului kaikkialla huoneessa.

Cristina ei vaivautunut katsomaan Paulia.

Mutta hän ihmetteli, mitä Paavalin on täytynyt ajatella.

Hänen näkeminen kauniissa mekossa, ranteet sidottuna, on varmasti jännittävää Paulille, hän ajatteli.

"Kerro minulle uudestaan", hän sanoi. "Mikä on sinun rajasi?"

Hän nielaisi.

"Älä vain satuta minua."

"Saanko avata mekkosi?" hän kysyi pehmeällä äänellä.

"Ei, ei sitä."

"Sitten oletan, että sinulla on muita rajoja", hän vastasi hieman huvittuneena.

"Luulen."

"Voinko koskettaa sinua?" kysyi. "On täysin hienoa, jos kieltäydyt. Mutta koska olemme päässeet näin pitkälle, ja näytät varmasti viehättävältä."

"Jos haluat", hän vastasi arasti.

"Kyse ei ole siitä, mitä minä haluan. Kyse on siitä, mihin olet tyytyväinen."

Hän kamppaili hetken ajatustensa kanssa.

"Olen tyytyväinen siihen. Ei hätää. Mene eteenpäin, jos haluat. Tarkoitan, olen tyytyväinen siihen."

"Oletko varma, Cristina? En halua painostaa sinua, jos et tunne olosi mukavaksi."

"Niin kauan kun sinä tiedät..."

"Niin kauan kuin minä korvaan sinulle rahallisesti?" hän kysyi puoliksi huvittuneena.

Hänen sävynsä ja sanamuotonsa saivat Cristinan tuntemaan olonsa entistä epämukavammaksi.

"Kyllä", hän vastasi.

"Sinun ei tarvitse huolehtia siitä".

Cristina odotti sarkastisemman vitsin vastaukseksi, mutta Paul oli lopettanut puhumisen.

Hän käveli häntä kohti, kun hän jatkoi makaamista pöydällä.

Cristina näki hänen katsovan vartaloaan.

Hän oli selvästi hermostunut.

Hän ei tiennyt, mitä hän suunnitteli.

Hänen silmänsä nautiskelivat ja vaelsivat hänen ruumiillaan.

Lopulta se päätettiin.

Ja hän teki liikkeensä.

Paul kurkotti alas ja kosketti Cristinan polvea.

Se oli äkillinen kosketus, joka yllätti hänet.

Hän vapisi.

"Oletko kunnossa, Christina?"

"Olen kunnossa. En vain odottanut sitä."

Hän liu'utti kätensä syvemmälle hänen reisilleen.

Hänen kätensä liukui syvemmälle, kunnes se oli hänen keltaisen hameensa alla.

Se teki Cristinasta epämukavan olonsa, mutta se sai hänet myös tuntemaan pistelyä jalkojensa välissä.

Hänen silmänsä pysyivät keskittyneenä kattoon.

"Haitatko, jos jatkamme edelleen?" kysyi. "Olemme jo tulleet näin pitkälle."

"Mene eteenpäin. En välitä."

"Oletko varma?"

"Olen varma."

Paul nosti Cristinan hameen ja työnsi hänet ylös.

Hänen housunsa paljastuivat.

Paul liukui kätensä Cristinan pikkuhousujen alle.

Luonnollisesti hän vapisi jälleen, mutta hillitsi itsensä.

Paulin käsi hieroi hänen haaraansa.

Cristinan vartalo ja jalat jännittyivät.

"Sinun täytyy rentoutua", Paul sanoi. "Muuten tästä ei ole paljon hyötyä."

"Hyvin."

Cristina teki kaikkensa rentoutuakseen kehonsa.

Hänen silmänsä jäivät kattoon.

Hän tunsi itsensä liian nolostuneeksi katsoakseen Paulia.

Hän vain antoi hänen hyväillä haaraansa.

Hän haukkoi henkeään, kun Paul leikki klitillään.

Se oli liike, jota en ollut odottanut.

Hänen luontainen vaistonsa oli kurkottaa kätensä ja työntää pois Paulin kättä, sitten peittää itsensä ja sitten läimäyttää Paulia kasvoille, mutta köydet hänen ranteidensa ympärillä olivat tiukkoja.

Hän nyökkäsi hellästi, mutta turhaan.

"Yritätkö päästä ulos?" Paul kysyi. "Jos haluat mennä ulos, kerro minulle, niin avaan sinut heti."

"Olen pahoillani. Se oli polvi-nykivä reaktio."

"No, älä reagoi sillä tavalla. En halua sellaista reaktiota."

"Se on hyvä, olen pahoillani."

Paulin sormet liikkuivat raivoissaan pyörivin liikkein hänen turvonneen klitoriksen yli.

Cristinalla ei ollut muuta vaihtoehtoa kuin hengähtää.

Hän oli liian järkyttynyt hillitsemään tunteitaan.

Sormet eivät pysähtyneet.

Se oli mukava ilo.

Hän sulki silmänsä ja nautti Paulin ilosta.

Se oli kihelmöivä tunne, joka virtasi hänen kehonsa läpi.

"Voin kertoa, että olet lähellä", hän sanoi. "Rentoudu. Se on melkein ohi."

Silmät edelleen kiinni Cristina antoi itsensä nauttia Paulin sormista, kun ne ilahduttivat hänen herkkää klitoristaan.

Kului hetkiä ennen kuin Cristinan sormet jäykistyivät.

Lyhyitä henkäileviä ääniä karkasi hänen huuliltaan.

Hänen silmänsä puristettiin kiinni.

Hänen lihaksensa supistuivat.

Se oli orgasmi, jonka hänen elämänsä jännitteet ansaitsivat.

Lopulta hänen vartalonsa rentoutui ja Paul poisti kätensä hänen housuistaan.

Hän siirsi hänen mekkonsa takaisin oikeaan asentoonsa.

Hän taputti Cristinaa reisille, ikään kuin tämä olisi tehnyt jotain oikein.

"Sinä todella nautit siitä", Paul sanoi, kun hän alkoi avata hänen ranteitaan.

Cristina tunsi olonsa vapautuneeksi.

Hän nousi suoraan ja hieroi ranteitaan, jotka olivat hieman punaisia ja kipeitä köydestä.

Orgasminen tunne auttoi torjumaan kipua.

"Pidin siitä", hän vastasi. "Se oli mukavaa. Todella mukavaa. Jumalauta, en ole tuntenut tällaista pitkään aikaan. Tarkoitan, ei niin hyvä kuin teit."

"Olen iloinen, että pidit siitä. Se toi mieleen paljon muistoja, jotka auttavat minua kirjoittamisessani. Olit minulle ihana pieni inspiraatio."

"Olen aina iloinen voidessani olla palveluksessasi."

"Erinomainen", hän myöntyi. "Lisään varmasti bonuksen shekkiisi kuun lopussa. Luulen, että olet tienannut tästä ylimääräiset viisi tuhatta dollaria."

Yllättäen Cristina tunsi häpeää.

Hän tiesi, että Paul tarkoitti hyvää.

Hän arvosti ylimääräistä viittä tuhatta, mikä oli paljon enemmän kuin hän odotti.

Mutta syyllisyyden tunne valtasi hänet, ikään kuin hän olisi juuri myynyt ruumiinsa ja seksuaalisuutensa helpolla rahalla.

Se sai hänet tuntemaan olonsa epäpuhtaalta ja likaiseksi.

"En ole huora", hän purskahti ja katui sitä heti.

"En ole koskaan sanonut, että olet."

"Olen pahoillani", hän vastasi. "Arvostan todella kaikkea. Mutta en ole koskaan käyttänyt vartaloani sillä tavalla ansaitakseni rahaa."

Paul pudisti päätään pettyneenä itseensä.

"Älä ole pahoillani. Tämä on minun syytäni. Kiirehdin sinua. Minun ei olisi pitänyt pyytää sinua malliksi minulle."

Cristina nousi ylös ja korjasi mekkonsa.

"Nautin siitä", hän sanoi. "Tein todellakin. Mutta se oli minulle vähän outoa. Ehkä voimme tehdä sen joskus toiste? Vain vähän hitaammin."

"En usko. Tämä ei selvästikään ole sinua varten."

Cristina katsoi ujoa, kun orgasmin tunne virtasi edelleen hänen kehossaan.

"Minä teen lounaasi nyt", hän sanoi.

"Voin tehdä sen itse. Voit mennä."

Hän nyökkäsi tottelevaisesti.

"Olen iloinen, että teimme tämän."

"Minä myös", hän vastasi. "Mutta meidän ei pitäisi koskaan tehdä tätä enää. Nähdään maanantaina."

Cristina nyökkäsi tietäen, että Paul oli jo tehnyt lujan päätöksen.

Heidän välillään oli nyt hienovarainen kömpelyys.

Vaihdettuaan vielä muutaman sanan hän lähti ihmettelemään, mitä Paul ajatteli hänestä.

KOLMAS OSA
UUSI TYÖ

41

LUKU 12

Myöhemmin samana iltana.

Cristina istui tietokoneen ääressä ja etsi tapoja saada uusia asiakkaita.

Hän lähetti ainakin kymmenkunta sähköpostia eri yrityksille edistääkseen catering-liiketoimintaansa.

En odottanut paljoa vastausta, mutta se oli yrittämisen arvoinen, eikä minulla ollut mitään menetettävää.

Puhelin soi.

Hänen äitinsä soitti tarkistaakseen uudelleen.

He pitivät tavallisen pienen puheensa, eikä heillä ollut paljon sanottavaa.

"Oman yrityksen pyörittäminen on vaikeaa", Cristina valitti.

"Odotitko sen olevan helppoa?"

"En tiedä mitä odotin. Minua ei haittaa tehdä kovaa työtä. Rakastan ruoanlaittoa muille ihmisille. Mutta luoja, tarvitsen lisää asiakkaita."

"Kokemukseni mukaan bisnes on se, jonka tiedät", hänen äitinsä vastasi. "Paljon bisnestä syntyy henkilökohtaisista yhteyksistä. Joten mene ulos ja yritä tavata uusia ihmisiä sen sijaan, että etsit verkossa."

"On varmaan järkeä."

"Luulen? Milloin olen väärässä?"

"En tiedä."

"Älä kuulosta niin masentuneelta, Cristina", hänen äitinsä sanoi. "Monet ihmiset kamppailevat uuden yrityksen kanssa. Jatka vain yrittämistä."

"Kiitos äiti."

"Kuinka Paulin kanssa menee? Maksaako hän sinulle vielä komeasti?"

"Se on monimutkaista", Cristina huokaisi. "Mutta joo, hän maksaa silti hyvin."

"Hän vaikuttaa monimutkaiselta kaverilta."

"Et tiedä puoliakaan."

Puhelimessa oli tauko.

"Onko hän yrittänyt mitään kanssasi?" äiti kysyi varovasti.

Cristina valehteli nopeasti.

"Ei mitenkään. Ei tietenkään."

"Voit kertoa minulle totuuden. Olen täällä sinua varten."

"Äiti, hän ei ole minun tyyppiäni. Jos hän koskaan tekisi liikkeen, lyöisin häntä päähän sillä mitä hän teki sinä päivänä."

"Se kuulostaa tuntemani Cristinan hengeltä", hänen äitinsä naurahti.

"Hypoteettisesti puhuen, entä jos tekisin? Tarkoitan, miltä sinusta tuntuisi?"

"Jos Paul teki liikkeen?"

"Kyllä", Cristina vastasi. "Miltä sinusta tuntuisi?"

Linjalla oli toinen tauko.

"Luulen, että se on sinusta kiinni. Jos hän pyysi sinut ulos, se on sinun päätöksesi."

"Todella?"

"Se on sinun päätöksesi, Cristina. Mutta jos hän yritti koskettaa takapuoltasi keittiössä, ehdottaisin, että kaadat hänen päähänsä kuuluisaa kuumaa kastikettasi."

"Tietenkin", Cristina vastasi sarkastisella äänellä.

"Näyttää siltä, että sinulla on jotain mielessäsi."

"Ei enää. Kiitos äiti, sinä olet paras. Minun täytyy jättää sinut."

"Hyvästi minä rakastan sinua."

"Minäkin rakastan sinua äiti."

Puhelu päättyi ja Cristina nojautui takaisin tuoliinsa.

Hän ajatteli Paulia ja sinä päivänä saamaansa orgasmia.

Hän muisti edelleen tunteet elävästi.

Jokainen kosketus, jokainen tunne.

Kovan puun tunne hänen vartaloaan vasten.

Paulin käden tunne hänen pilluaan vasten.

Ja ennen kaikkea orgasmi.

Dominointi ei koskaan ollut hänen juttunsa, mutta se tuntui hyvältä.

Hän haki verkosta ja haki eri termejä.

Se sai hänet tuntemaan itsensä uudelleen opiskelijaksi tutkiessaan.

Hän teki useita hakuja orjuudesta ja sen nautinnoista.

Hän katsoi useita kuvia.

Se sai hänet jälleen päälle ja hän liukui käden alas pikkuhousuihinsa.

LUKU 13

Maanantaina aamulla.

Cristina yritti näyttää hyvältä, kun hän meni Paulin kotiin.

Hänellä oli yllään sininen mekko ja hänen hiuksensa olivat hyvin kammatut.

Paul ei kiinnittänyt paljon huomiota naisen ulkonäköön, kun hän avasi oven päästääkseen hänet sisään.

"Voimme puhua?" Cristina kysyi. "Tarkoitan liiketoiminnasta."

"Tietysti."

"Hienoa. Odota."

Cristina laittoi ruoan keittiöön ja meni tilavaan olohuoneeseen, jossa Paul oli istunut.

Hän istui hänen edessään.

"Olen ajatellut paljon viikonloppuna", hän sanoi. "Suhteestamme."

"Minä myös", hän sanoi, eikä antanut hänen päättää ajatuksiaan. "Mielestäni meidän pitäisi lopettaa tämä. Minulle on selvää, että liikesuhteemme on vaarantunut. Olen jo alkanut etsiä korvaajaa kotitalouksien tarpeisiini."

Cristina jähmettyi hetkeksi, kun uutiset vajosivat hitaasti sisään.

"Mitä? Ei. Sitä en halunnut."

"Luulen, että se on parasta", hän vastasi. "Olet valoisa nuori nainen. Löydät paikkasi tässä maailmassa."

Hämmästynyt ilme pysyi hänen kasvoillaan. "

Tätä en odottanut kuulevani. "Ajattelin, että keskustelumme tulee olemaan hyvin erilainen."

"Mitä oikein odotit?"

"Tulin tänne kertomaan, että olin kiinnostunut jatkamaan, tiedätkö, mitä teimme viime perjantaina."

Hän kohotti kulmakarvojaan.

"Oikeasti? Ja miksi haluat sen?"

"Onko minun todella sanottava se?"

"Joo."

Hän veti syvään henkeä.

"Ilmeisesti nautin työskentelystä täällä. Nautin eduista. Mielestäni olet loistava pomo, paras, mitä minulla voi olla. Ja siitä, mitä teimme viime viikolla, olohuoneessa, pidin todella. Luulen, että aluksi pelkäsin , mutta ajattelin paljon, enkä haittaisi, jos jatkaisimme."

"Mielenkiintoista."

"Niin siis luulet?" hän kysyi.

"Et ole niin ujo kuin luulin. En olisi koskaan odottanut sinun tulevan kertomaan minulle nämä asiat suoraan. Olen vaikuttunut."

Hän hymyili: "Kiitos".

"Mitä seuraavaksi pitäisi tapahtua?"

"En tiedä", hän kohautti olkapäitään kiusallisesti. "Se on sinusta kiinni. Mutta haluaisin liikesuhteemme jatkuvan."

"Ole rohkea, Cristina. Kerro minulle, mitä tapahtuu seuraavaksi. Juuri tällä hetkellä. Haluan tietää, mitä ajattelet. Yllätä minut."

Hän keräsi rohkeutensa ja katseli Paulia päättäväisenä.

Hänen huulensa kiristyivät ja nenä kutistui hieman.

Hänen katseensa oli kiinnitetty Pauliin, joka oli stoinen ja odotti hänen tekevän jotain rohkeaa.

Cristina nousi seisomaan ja harjasi mekkoaan käsillään.

Hänen sormensa kietoutui hänen mekkonsa hihnojen ympärille.

Hän työnsi hihnat sivuun ja muutti vartaloaan, jolloin mekko putosi lattialle.

Hän seisoi Paulin edessä valkoisissa rintaliiveissään ja pikkuhousuissaan, kaunis mekko nilkkojen ympärillä.

"Mitä sinä teet?" hän kysyi tunteettomasti.

"Näytän omistautumistani työhön."

"Ehkä olet ymmärtänyt minut väärin. En usko, että tämä on oikea tie sinulle."

"Et käske minua lopettamaan", hän vastasi. "Enkä myöskään kuule sinun valittavan."

Paulin silmät vaelsivat hänen niukasti pukeutuneen ruumiin yli.

Hän oli keskivartaloinen, hieman laiha.

Pienet rinnat ja kapeat lantio.

Oli selvää, että hän harjoitteli harvoin, koska hänen lihasjänteensä oli heikko.

"Olet aika viehättävä", hän huomautti.

Hän riisui mekkonsa ja otti useita askeleita eteenpäin, kunnes hän seisoi suoraan Paulin edessä.

"Tässä on sopimus", hän sanoi rohkeasti. "Uusi sopimus. Tulen olemaan yksinoikeudellinen palveluntarjoajasi. Olen myös mallisi aina, kun sen arvelet tarpeelliseksi. Voit saada minut avuksi, jos haluat. Jos minulla on todella hyvä olo, annan palveluksen takaisin. vapaa."

Hän kohotti kulmakarvojaan.

"Voitko takaisin palveluksen?"

"Minä teen sinusta kumartamisen. Ilmaiseksi. En ole prostituoitu. Ajattele sitä kiitollisen vastaanottajan saamana ilona."

"Se kuulostaa epätavalliselta liikesuhteelta."

"Olemme joka tapauksessa jo ylittäneet rajan", hän sanoi.

"Minun täytyy harkita sitä."

Cristina kurkotti alas ja tarttui Paulin ranteeseen siirtäen hänen kätensä hänen pikkuhousuihinsa.

Hän kosketti hänen pikkuhousunsa ulkopuolta ja hieroi hänen jalkojensa väliä.

"Ajattele nopeasti", hän sanoi. "Muuten peruutan tarjouksen."

Hän hymyili puolimielisesti.

"Rohkea uusi Cristina. Pidän hänestä."

"Minä myös."

Paul painoi sormensa kovemmin Cristinan pikkuhousuja vasten.

Hän voihki kuumasta kosketuksesta.

Hän voihki vielä enemmän, kun Paul liukui kätensä hänen pikkuhousunsa sisään koskettaen hänen paljaaa pilluaan.

Hän oli innoissaan, eikä siitä ollut epäilystäkään.

"Olet märkä", hän huomautti ja katsoi häntä.

"Tiedän."

"Ota rintaliivit pois. Anna minun nähdä sinut."

Cristina ojensi kätensä irrottaakseen rintaliivit ja heitti ne sohvalle.

Hänen pirteät pienet rinnansa vapautuivat.

Hänen nännit olivat vaaleanpunaiset ja pienet.

He kovettuivat nopeasti kylmästä ilmasta ja ilmeisestä seksuaalisesta kiihotuksesta.

Hän vastusti halua peittää rintansa käsillään, koska hän oli aina tuntenut olonsa epävarmaksi hänen rinnastaan.

Mutta hän yritti olla rohkea ja työnsi rintaansa eteenpäin.

"Sinä pidät niistä?" hän kysyi.

"Rakastan jokaisen naisen rintoja. Jokainen on ainutlaatuinen ja erityinen omalla tavallaan. Sinun ei ole poikkeus. Ne ovat ihania."

"Kiitos herrani."

" Herra?" hän kysyi retorisesti. "Luulen, että tiedät mistä pidän."

"Ja mistä sinä pidät?" hän kysyi arasti.

"Kiinteistö."

"Vai niin..."

Paul veti molemmin käsin Cristinan pikkuhousut lattialle jättäen tytön täysin alasti päästä varpaisiin.

Hän nousi seisomaan ja otti Cristinaa kädestä.

"Seuraa minua", hän sanoi. "Haluaisin näyttää sinulle jotain."

Hän johti Cristinan käytävää pitkin pitäen häntä kädestä romanttisella tavalla.

Cristina oli hermostunut, mutta jatkoi omaa tahtiaan.

Hän tiesi, että he olivat menossa orjahuoneeseen.

Ajatus sai hänet innostuneeksi ja hermostuneeksi.

Ovi oli raollaan ja Paul avasi sen.

Hän sytytti valot ja he astuivat sisään.

Ilma oli kylmä, mikä teki Cristinan nänneistä vieläkin kovemmat.

Hänen katseensa kääntyi ympärilleen ja hän ihmetteli, mitä Paavali oli suunnitellut.

"Sinulla on uusia velvollisuuksia", Paul sanoi. "Odotan täydellistä tottelevaisuutta. Odotan sinun olevan aina alasti. Ymmärrätkö?"

"Kyllä minä ymmärrän."

"Kumartu pöydän yli", hän sanoi. "Matsasi päällä. Sidon sinut. Haluan sinun kumpuilevan taas."

"Kyllä herra."

Cristina katsoi pöytää pelokkaasti.

Se oli erilainen pöytä kuin edellinen.

Mutta se tuntui yhtä epämukavalta ja kipeältä.

Puu näytti vanhalta, ja myös metallirunko.

Ei ollut mitään järkeä valittaa.

Hän teki niin kuin käskettiin ja asetti paljaat rintansa ja vatsansa puupöydälle.

Se oli epämukavampaa kuin odotin.

Puu oli kylmää ja pisti hänen herkkiä nännejä.

Hänen silmänsä katsoivat maahan.

Hän kuuli Paulin kävelevän ympäri huonetta ennen kuin lähestyi häntä.

"Aion sitoa sinut", hän sanoi. "Rentouta käsiäsi ja jalkojasi. Tämä on yksinkertainen prosessi, jos olet rauhallinen."

"Hyvin."

"Oletko varma, että haluat tämän?"

"Kyllä", hän vastasi.

"Koska?"

"Koska haluan kumartaa taas."

Cristina ei saanut vastausta.

Sen sijaan hän tunsi Paulin sitovan jokaisen hänen nilkkansa pöydän kylmään metallirunkoon.

Se oli epämiellyttävää ja hieman pelottavaa.

Jokainen solmu oli erittäin tiukka.

Köysi oli paksu, mikä loukkasi hänen ihoaan.

Sama prosessi tehtiin heidän ranteisiinsa.

Jokainen nukke sidottiin metallirunkoon samalla tavalla.

Kun hän lopetti, hänen nilkkansa ja ranteensa olivat tiukasti sidottu pöytään.

Hän oli kasvot alaspäin, vatsa paljas ja hänen rinnansa painuivat tiukasti puupintaan.

Se oli melko pelottava tunne, kun tiesi, että hän oli antanut Paulille ehdottoman vallan kehoonsa.

Hän oli selvästi ja täysin avuton.

Jokin osui hänen paljaaseen pohjaansa.

Se tuntui kovalta, mutta samalla pehmeältä.

En ollut varma, mikä se oli.

Sitten hän tunsi Paulin sormien koskettavan hänen takapuolta.

"Haitatko, jos kosketan sinua näin?" hän kysyi tietäen vastauksen.

"Ei."

"Hyvä. Pidän ihostasi. Olet hyvin hellä..."

Paulin käsi vaelsi hänen perseensä yli, tunsi jokaisen mutkan.

Hän hieroi kutakin hänen pakaraan vahvoilla käsillään.

Sitten hän tunsi jälleen, että jokin kova kosketti hänen peppuaan.

Siinä oli sileä kaareva pinta.

"Mikä tuo on?" hän kysyi.

"Se on vibraattori. Oletko koskaan käyttänyt sellaista ennen?"

"Ei."

"Haluaisitko tuntea sen?"

"Olen avoin sille."

"Hyvä tyttö."

Yhtäkkiä huoneesta kuului surina ääni, joka sai väreet pitkin Cristinan selkärankaa.

Hänen silmänsä pysyivät kiinnittyneinä maahan, kun hän kuunteli huminaa.

Hänen ruumiinsa tärisi rajusti sillä hetkellä, kun surina kosketti klitoriksen kärkeä.

Se oli tuskallista, huonolla tavalla ja hyvällä tavalla.

Hän yritti taistella sitä vastaan taistellen köysiä vastaan, mikä oli hyödytöntä.

Hurina lakkasi.

"Lopetetaanko tämä?" kysyi.

"Ei. Ole kiltti, ei. Minä lopetan liikkumisen."

"Ota kiinni Cristina."

Surina palasi, kun vibraattori aktivoitui uudelleen.

Hän kosketti hänen klitistään, ja Cristina teki parhaansa pysyäkseen paikallaan.

Hän taisteli taisteluhalua vastaan hyväksyessään värähtelyn tunteen herkimmällä alueellaan.

Se sai hänen sormensa käpristymään rajusti.

Hän puristi hampaitaan sulkeessaan leukansa.

Hänen nyrkkinsä puristettiin tiukasti.

Klitterin kiduttaminen vibraattorilla oli viimeinen asia, jota hän odotti.

Se surisi ja sumisesi.

Täryttimen kärkeä pidettiin klilista vasten, kunnes hän luuli räjähtävänsä.

Juuri ennen kuin hän oli huutamassa tuskissaan, Paul liikutti vibraattoria ja työnsi sen pilluaan.

Se oli surrealistinen tunne.

Siitä oli pitkä aika, kun häneen oli tunkeutunut millään muullakin kuin sormillaan.

Tärinä hänen pillunsa sisällä oli sekoitus kipua ja nautintoa.

Paul työnsi ja veti seksilelua taitavasti.

Cristina teki kaikkensa ollakseen huutamatta.

"Pidätkö sinä tämän kanssa?" hän kysyi nauraen.

Cristina huokaisi.

"Minä...minä...öh..."

"Kyllä vai ei?"

"Kyllä! Jumala, kyllä."

Paul työnsi laitteen syvemmälle Cristinan pilluun, mikä sai tämän haukkomaan enemmän.

Hän oli melkein hengästynyt, kun hän meni täysin hänen ruumiinsa.

Hänen kätensä ja jalkansa vetivät köysiä, mutta turhaan.

Hän oli loukussa tehokkaan vibraattorin kanssa märän emättimen sisällä.

"Oletko lähellä?" kysyi.

Hän kamppaili sanojen puolesta.

"Kyllä melkein..."

"Iloa minulle, kulta."

Vibraattori työnnettiin ja vedettiin Cristinan pilluun armottomasti.

Hän yritti rentouttaa kehoaan, mikä helpotti häntä aina orgasmin saamisessa.

Hän teki parhaansa rentouttaakseen emättimen lihaksiaan venytyksen jälkeen, jolloin Paul pääsi tahtonsa mukaan.

Hänen orgasminsa oli välitön vibraattorin takia.

Ja se oli erilainen orgasmi, jota en ollut koskaan tuntenut.

Se, että oli sidottu ja piiskattu, kun hänen pilluansa työnnettiin värisevä esine, oli voimakas yhdistelmä.

Cristinan varpaat kaareutuivat edelleen ja hänen nyrkkinsä puristettiin tiukemmin.

Hänen kehonsa jokainen lihas supistui.

Hänen haukkumisensa ja valituksensa muuttuivat kovemmiksi.

"Voi luoja... Voi luoja... Voi luoja..."

Yhtäkkiä laite vaihtoi suuremmalle nopeudelle ja tärinät tulivat paljon voimakkaammiksi.

Cristina huusi voimakkaasta tärinästä, kun häntä työnnettiin ja vedettiin pilluansa.

Hän itki.

Sitten hän nyyhki hillittömästi huipentuessaan.

Nesteiden aalto pursuhti hänen pillunsa sisältä aiheuttaen sotkun pöydälle ja jättäen lätäkön kovalle lattialle.

Täryttimestä tuli lisää työntöjä, kunnes nesteet loppuivat.

Paul poisti vibraattorin Cristinan pillusta, josta kuului kovaa huminaa.

Sitten hän sammutti sen.

Kun emättimen hyökkäys oli vihdoin ohi, Cristinan pillu oli tippuva sotku.

Hänen kosteutensa oli kuin pieni orgasminen joki.

Hänen pillunsa kimmelsi emätinnesteistä.

Pöytä oli märkä.

Ja nesteet putosivat lattialle kuin vuotava hana.

Cristina oli tuskin tajuissaan, kun hän hitaasti palasi malttinsa.

Se oli ylivoimaisesti paras orgasmi, jonka hän oli koskaan kokenut elämässään.

Hän kuuli Paavalin askeleiden lähestyvän hänen päätään.

Paul kumartui ja suuteli hänen hiuksiaan.

Hän ihmetteli, miksi Paul ei ollut vielä irrottanut häntä.

"Olemme... olemme... valmiit..." hän onnistui puhumaan.

"Ei vielä. Muistatko lupauksesi?"

"Kumpi heistä?" hän voihki.

"Sanoit, että jos saan sinut kumartumaan, niin vastaisit palveluksen. Joten miltä orgasmisi tuntui?"

"A... vitun... uskomatonta", hän purskahti.

Paul hymyili hänelle.

"Hyvä tyttö. Haluaisitko nyt palauttaa palveluksen?"

"Kyllä sir. Aiotko vapauttaa minut?"

"Pidän sinusta tässä asemassa."

Cristina kuuli Paulin housujen avautumisen äänen.

Hän tiesi tarkalleen, mitä Paul halusi.

Hän seisoi yhä hänen kasvojensa vieressä, mikä tarkoitti, ettei hän ollut kiinnostunut naimisesta, ainakaan sinä päivänä.

Hän katsoi ylös, kun Paul siirtyi lähemmäs hänen kasvojaan.

Hän näki hänen kovaa kalunsa osoittavan suoraan hänen huulilleen.

Oli selvää, mitä hän halusi.

Himokkaalla sydämellä Cristina avasi suunsa, kun Paul otti askeleen eteenpäin ja astui hänen huultensa väliin.

Ei ollut tunneprosessia eikä aikaa sopeutua.

Paul vain työnsi lantiotaan eteenpäin, jotta Cristina saattoi imeä, kuten hyvän alistuvan pitäisi.

"Jumalani. Sinulla on huulet kuin enkelillä", hän sanoi vaikuttuneena siitä, mitä hän tunsi kalussaan.

Suuseksi ei ole koskaan ollut Cristinan juttu.

Hän ei koskaan ollut kovin hyvä siinä, eikä hänen mieltymyksensä ollut koskaan tehdä sitä.

Mutta Paulin kanssa hän halusi miellyttää häntä.

Varsinkin kun voimakas orgasminen tunne virtaa edelleen hänen kehonsa läpi.

Hänen taitojensa puute ei ollut ongelma, koska hänen ruumiinsa oli edelleen kiinnitetty pöytään.

Paul teki kaiken työn työntäen lantiotaan varovasti edestakaisin.

Hän tarvitsi vain lämpimän suun naimiseen.

Cristinan täytyi vain pitää huulensa tiukasti Paulin kovan jäsenen ympärillä ja imeä.

"Vittu, minä aion kumartaa", Paul murahti. "Ja sinä aiot niellä sen."

Hänen käskytajunsa oli jännittävää Cristinalle syystä, jota hän ei voinut ymmärtää.

Hän tunsi Paulin käsien hierovan hänen hiuksiaan imeessään.

Hän tunsi, että hänen jäsenensä jäykistyi hänen suunsa sisällä.

Hän teki parhaansa käyttääkseen kieltään hänen jäsenensä kanssa, mikä hänelle oli aina kerrottu tuntuvan hyvältä.

Kukko upposi hänen suuhunsa ja sai hänet suutelemaan.

Heinärefleksi oli kauhea.

Mutta Paul kuvitteli, kuinka paljon Cristina kesti, joten hän ei koskaan työntänyt liikaa.

Se oli ammattimiehen merkki, hän ajatteli itsekseen.

Hän katseli, kun Paul silitti itseään saadakseen orgasmin, kun hänen erektionsa kärki oli vielä hänen suussaan.

Hän piti huulensa tiukasti kiinni hänen ympärillään.

Paul murahti silitellen häntä raivokkaasti.

Muutamaa sekuntia myöhemmin hänen kielensä peittyi Paulin kumpulla.

Suihkukoneen perään.

Siinä oli erilainen maku.

Hän nielaisi kovasti estääkseen suunsa vuotamasta yli.

Sekunteja myöhemmin siemennesteen virtaus pysähtyi ja Cristina nielaisi kaiken.

"Voi luoja", Paul sanoi vetäen kukkonsa hänen suustaan. "Se oli ihanaa. Mistä sinä opit imemään noin?"

Hän kumartui hetkeksi ennen kuin nousi seisomaan sulkeakseen housunsa vetoketjun.

Sitten hän kumartui vapauttaakseen Cristinan.

Vapautuessaan hän hyväili omia ranteitaan ja nilkkojaan, joissa oli tummanpunaisia jälkiä.

Hän tajusi nopeasti, että hän oli edelleen täysin alasti ja ettei hän enää välittänyt.

Hän halusi olla alasti Paulin edessä.

"Pidin todella koko kokemuksesta", hän totesi luottavaisesti.

Paul kosketti hänen kaulaansa ja suuteli hänen otsaansa ja sitten enemmän hänen poskilleen.

Lopulta hän suuteli useita suudelmia hänen hiuksiinsa.

"Minä myös. Kumppanuutemme tulee toimimaan erittäin hyvin. Ajattele kaikkia mahdollisuuksia, joita voimme jakaa yhdessä."

"Tiedän."

"Olet kuin perhonen, joka kasvaa silmieni edessä", hän sanoi.

"Kaikki on sinun syytäsi", hän hymyili. "Nyt, jos annat minulle anteeksi, tein jotain hyvin erikoista lounaaksi. Tulet rakastamaan sitä. Olen varma, että sinulla on ruokahalu, joten minun on parasta mennä tekemään se nyt."

Cristina nousi ylös ja käveli alasti ovea kohti.

Hänen kävelyssään oli luottamusta.

Hän rakasti olla alasti.

Se oli hauskaa.

Nesteet valuivat hänen jalkojaan pitkin.

Cum-maku oli edelleen hänen suussaan.

Sitten hän pysähtyi saapuessaan ovelle ja kääntyi katsomaan Paulia, joka oli ylpeä alastomasta vartalostaan.

Hän käski häntä olemaan murehtimatta olohuoneen sotkua, hän siivoisi sen myöhemmin.

Se oli osa hänen uusia tehtäviä.

PETTI

57

LUKU I

Becky kuuli avaimen napsahtavan lukossa.

Hän juoksi alas portaita, sytytti käytävän valon ja avasi oven.

Jack seisoi siellä sateessa, huppu vedettynä hänen päänsä päälle, avain pysähtyi kädessään, kun hänen tummat silmänsä tuijottivat häntä.

"Voi luoja, sinä tulit", Becky sanoi iloisesti.

Hän hyppäsi eteenpäin ja kietoi kätensä hänen olkapäinsä ympärille halaten häntä ja tunsi sateen tunkeutuvan hänen takkiaan peittävän sateen tihkuvan hänen tiukasti istuvat vaatteensa yläosaan.

Hän ei välittänyt.

Hänen miehensä oli täällä ja se oli ainoa asia.

Hän vapautti Jackin kirkkaasta syleilystään ja asetti märät kätensä hänen kasvoilleen.

Hänen vakava ilmeensä ei ollut muuttunut.

"Mikä hätänä?" hän sanoi.

"Meidän pitää puhua."

Becky tunsi vatsansa tärisevän, mutta hän astui sivuun päästääkseen Jackin sisään ja riisumaan märät saappaansa.

Hän käveli olohuoneeseen hieroen käsiään hermostuneena odottaessaan Jackin kertovan hänelle huonot uutiset, oli se sitten mikä tahansa.

Sitten hän astui olohuoneeseen, yhä vakava ilme ällistyneillä kasvoillaan.

"Anna meille juotavaa", hän sanoi.

Becky käveli viinakärryjen luo ja kaatoi kaksi konjakkia .

Hänen kätensä tärisi, kun hän ojensi hänelle yhden lasista ja joi nopeasti.

Jack lähestyi sohvaa sukat melko kosteina.

Kuva, jonka hän antoi tällä tavalla, oli hieman koominen.

Hän olisi nauranut, ellei hetki olisi ollut melko jännittynyt.

Hän istui istuimen reunalla säätämättä itseään, riisumatta takkiaan valmistautuessaan kertomaan huonoja uutisia.

Hän joi suuren kulauksen konjakkia ennen kuin puhui.

"Hän tietää kaiken meistä", hän sanoi juotuaan alkoholin viimeiseksi huokauksella.

Becky tunsi polvensa heikentävän ja sydämensä sykkivän.

Hän kaatoi itselleen toisen lasillisen brandyä.

Hän käveli sohvalle Jackin eteen ja istuutui.

"Kuten?" Hän sanoi toisen kulauksen jälkeen lämmintä nestettä.

"Minä kerroin."

Becky rypisti kulmiaan.

"Kerroitko hänelle? Mitä ihmettä?"

"En kestänyt sitä enää."

Becky nousi seisomaan.

"Kerro minulle, että vitsailet, Jack."

Hän pudisti päätään kieltävästi.

"Miksi kertoisit vaimollesi, että petät häntä?"

Jack katsoi ylös tuuheiden kulmakarvojen alta, mikä sai hänestä näyttämään ilkikurselta pennulta.

"En voinut nähdä hänen olevan välinpitämätön ja rauhallinen, kun hän jatkoi likaisen salaisuutemme piilottamista."

"Likainen salaisuutemme. Onko siinä kaikki hänelle?" Becky ajatteli.

"No, mitä hän sanoi?" Becky sanoi teeskennellen, ettei hän ollut kuullut viimeistä kommenttia, kun hän käveli edestakaisin huoneen poikki.

"Hän on valmis antamaan meille toisen mahdollisuuden. Jos tämä loppuu."

Becky lopetti kävelemisen ja katsoi Jackin kasvoja.

"Ei? Tarkoitatko, että sinä ja hän olette yhdessä kerrottuasi hänelle?"

Jack nyökkäsi.

"Aiotko vain jättää minut sellaiseksi? Koska hän sanoo niin?"

"Hän on vaimoni."

"Ja mikä minä olin?"

"Tiedät mitä tämä oli. Sanoin sinulle, etten koskaan jättäisi vaimoani. Tämä oli aina seksiä sinun ja minun välillä."

'Tiedätkö mitä tämä oli. Mennyt. Se oli jo ohi hänen mielessään. Kuinka hän saattoi tehdä tämän minulle?

Vaikka hän oli sanonut, ettei hän koskaan jättäisi Marya, Becky ajatteli, että tämä voisi vakuuttaa hänet siitä, että hän todella oli nainen, jota hän tarvitsi.

Ja se ei ole niin?

Ei näyttänyt olevan.

Jack oli juonut juomansa ja nousi seisomaan lähteäkseen.

Becky lähestyi häntä.

"Onko siinä sitten kaikki?" hän sanoi ja tuijotti häntä. "Pudotat vain sen minulle tuolla tavalla ja kävelet pois?"

Jack huokaisi työntäessään hänet pois ja suuntautuessaan käytävää pitkin.

"Becky, minulla on lapsia", hän sanoi nyt suuttuneena.

Voi ei, hän ei päässyt tästä niin helposti pois.

Ennen kaikkea kohteliaisuuksia ja kiusaamista ja eroottisia viestejä, ja lopussa oli paljon suudelmia, jotka pitivät minut lumoutuneena.

Näin jokainen tekee saadakseen mitä haluaa.

Sitten kun he ovat saaneet tarpeekseen, he ryhtyvät puolustautumaan ja yrittävät päästä eroon sinusta.

Jackin todelliset kasvot näkyivät nyt.

Hän ei ollut hänelle muuta kuin lihapala, helppo paska.

Vaara.

Huora.

Näin miehet olivat aina kohdelleet häntä. Jack ei ollut erilainen.

" Mitä sitten? Monet ihmiset eroavat nykyään. Lapset pääsevät siitä yli. Heillä on edelleen molemmat vanhemmat", hän sanoi kylmästi.

"He ovat poikia, Becky", Jack tiuskaisi. "He tarvitsevat perheen. Turvallisuutta. Isän, joka on aina lähellä. Ei sellaista, joka ilmestyy muutaman kerran viikossa."

Mitä minusta? hän ajatteli hieman itsekkäästi.

Nainen, joka ei voi saada lapsia.

Nainen, joka on aina ja aina pysyvästi steriili, joka ei pysty antamaan miehelle perhettä.

Ilmiö.

Se harvinainen.

Sellainen, joka sopii vain hauskanpitoon, vittumiseen.

Kuka todella rakastaisi häntä?

"Tulen kotiisi", hän uhkasi. "Kerron hänelle, mitä teimme. Kuinka veit minut metsään autollasi ja nait minut takapenkille. Missä hänen lapsensa istuvat joka päivä koulumatkalla. Kuinka veit minut samaan ravintolaan, jossa sinä kosi häntä." Katsotaan, muuttaako hän sitten mielensä."

Jack kääntyi ovella ja hänen sormensa lähtivät hupusta, jonka hän aikoi nostaa päänsä päälle.

"Et tee sitä".

"Katso minua."

Becky näki ensimmäistä kertaa Jackin silmissä katseen, jonka hän oli nähnyt monissa miehissä aiemmin.

Inho.

Mitä tahansa heillä olikaan ollut, mitä tahansa hän oli ollut hänelle, oli poissa.

Hän tiesi, ettei koskaan saisi sitä takaisin.

Hänen ylähuulinsa käpristyi, kun hän veti hupunsa päänsä päälle ja kurkotti alas tarttumaan saappaisiinsa.

Becky tunsi lämmön haalistuvan hänen lihastaan, ja kylmän tunteen jälkeen jääneestä palasi.

Luopuminen.

Hän oli tuntenut sen liian monta kertaa aiemmin.

"Et voi vain jättää minua, Jack", hän pyysi ja tunsi tutun kyynelvirran tulevan hänen silmistään.

"Se on ohi", hän huudahti vihan täyteläisenä äänensä.

"Älä tee tätä minulle, Jack. Ole kiltti!"

Hän solmi saappaansa nauhan ja seisoi pystyssä, katsoen häntä huppunsa suojan alta.

"Älä enää koskaan tule lähelleni tai perhettäni. Jos tulet, soitan poliisille."

Hän kohotti kätensä ja pudotti avaimensa lattialle.

Avain, jonka hän oli antanut hänelle toivoen, että hän näkisi tämän todellisena kotinaan, johon hän lopulta tulisi asumaan pysyvästi.

Se oli viimeinen puukotus hänen sydämeensä.

Hän veti oven ja otti nopean askeleen kohti puutarhaa.

Becky seisoi matolla, hänen poskensa loistaen kyynelistä olohuoneen kirkkaassa valossa, katsellen hänen pitkää muotoaan askeleen läpi sateen.

Pois hänestä.

Takaisin perheensä luo.

Poissa elämästään ikuisesti.

LUKU II

Becky katsoi lasiansa ja tunsi päänsä pyörivän.

Viski jätti hapan, katkeran maun hänen kielelleen.

Sormet vapisten lasin päällä, hän nosti sen ja heitti sen takan seinään.

Se törmäsi peiliin, jolloin lasinsiruja räjähti ja putosi sitten lattialle ja paksulle matolle.

Hän hyppäsi sohvalta ja marssi kohti puhelinta.

Kyyneleet nousivat hänen silmiinsä, kun hän tarttui kuulokkeeseen, mutta hän sanoi itselleen, ettei aio itkeä enää.

Hän puri huultaan ja valitsi määrätietoisesti numeron.

Muutaman hetken kuluttua vastasi karu miesääni.

"Hei?"

"Harry, se on Becky", hän sanoi ja tukahdutti humalakkuutensa haukkumalla.

"Becky? Jeesus, miksi soitat juuri nyt? Kello on kaksi yöllä."

"Olen pahoillani. Se on vain... minun täytyy olla jonkun kanssa."

"Mitä? Juuri nyt?"

"Joo."

Hän kuuli kahinaa linjan toisesta päästä, Harryn tupakan kuivuneen kurkun rätiksen, kun hän liikkui sängyn ympärillä.

"Herätätkö minut todella seksiin keskellä aamua?"

Becky tunsi solmua vatsassaan hänen sanoistaan.

Entä jos hän ei todellakaan tarvitsisi ketään tyydyttääkseen itseään?

Harry ei kuitenkaan välittänyt siitä.

Hän oli vain tyypillinen mies, jolla oli vain yksi asia mielessään.

Hän lopetti kiusauksen räjähtää.

"Miksi ei? Se on yhtä hyvä aika kuin mikä tahansa", hän sanoi hieman kiihtyneenä.

"Minun täytyy nousta kuudelta."

"Mitä sitten? Voit nukkua huomenna yönä. Ja ainakin menet tyytyväisenä töihin haukottelun sijaan."

"Olen järkyttynyt juuri nyt. Ainoa tapa olla menemättä töihin haukotellen on nukkua muutama tunti lisää ja olla harjoittelematta."

Becky puristi huuliaan turhautuneena ja nappasi tupakkaansa, jotka oli asetettu puhelimen viereen.

Hän sytytti yhden ja veti pitkään, syvästi ja hieroi sitten peukalolla ohimoaan puhaltaessaan ulos paksua savua.

"Teen mitä haluat", hän sanoi, ja nikotiini antoi hänelle tarpeeksi voimaa yrittää vietellä hänet.

"Mitä?" Harry sanoi.

"Pistän kieleni perseeseesi. Syön sinut niin kuin mies syö naisen."

Oli tauko ja hän tunsi Harryn ajattelevan toisessa päässä.

Monet naiset eivät olleet halukkaita syömään miehen persettä, ja Harryllä oli erityisen herkkä peräaukko, jonka kielellä oli kyky saada hänen koko kehonsa taipumaan ja huutamaan samaan aikaan.

Hän näytti kuitenkin olevan todella väsynyt tänä iltana. Sekään ei riittänyt houkuttelemaan häntä.

"Voi, Becky. Etkö olisi voinut soittaa parempaan aikaan?"

"Pistän hihnani kiinni. Annan sinulle pitkän, kovan vitun. Haluatko sitä, Harry? A. Pitkä. Kova. Vittu."

Harry kuulosti hermostuneelta ja kiihtyneeltä, kun hän vastasi.

Becky tiesi, että hänen kukkonsa oli mennyt kivikovaksi lakanoiden alle hänen selkeästä, inhottavasta vihastaan.

Mutta riippumatta siitä, millä yritin houkutella häntä, hän ei näyttänyt siltä, että hän olisi perääntynyt.

"Anteeksi, Becky. Minun täytyy pysähtyä. Miten perjantai-ilta meni?"

Becky näki tuhkakupin sohvapöydällä ja tukkaisi savukkeensa.

"Olet aivan kuten kaikki miehet, eikö? Luuletko, että tulen juoksemaan, kun sanot niin. No, tiedätkö mitä, Harry? Voit naida itseäsi. Se oli viimeinen mahdollisuutesi ja räjäytit sen."

"Mitä... Becky?"

"Hei, Harry. Nuku syvään, jos voit. Vittu!"

Hän löi puhelimen vastaanottimeen.

Becky istui hetken sängyllä, hänen sydämensä jyskytti, hänen verensä kiehui, miljoona erilaista ajatusta kilpaili etusijasta hänen päässään.

Kuinka he saattoivat tehdä tämän hänelle?

Ja uudelleen.

Ja miksi hän antoi heidän tehdä sen?

Putoaminen samaan vanhaan ansaan yhä uudelleen ja uudelleen.

Hän tiesi, mitä psykiatrit sanoisivat.

Et arvosta itseäsi tarpeeksi.

Kuinka hän voi odottaa saavansa kunnioitusta, kun hän ei kunnioita edes itseään?

No, se on heidän helppo sanoa.

He haluavat tietää, miltä tuntuu tuntea olevansa lutka, joka antaa miesten käyttää vartaloaan likaisena rievuna.

Äiti, joka aikoi naida poikaystäviä ja jättää tyttärensä yksin kotiin kylmänä ja nälkäisenä ilman, että kukaan rakastaisi häntä.

Nainen, joka vakuutti hänelle vuosia, että hänen isänsä ei rakastanut häntä.

Että hän oli hylännyt heidät hänen takiaan.

Kun totuus oli, että hän lähti pelästyneenä hänen alistumaansa, ja hän oli liian kauhuissaan palataakseen hänen kauhun valtakuntaansa.

Becky hautasi kasvonsa käsiinsä ja antoi kyynelten tulvii kämmeniään.

Jätit minut, isä.

Kuinka voit jättää minut tuon psykopan kanssa?

Hän nousi istumaan ja pakotti itsensä lopettamaan kyyneleet.

Suru muuttui vihaksi kuin kytkimen kääntäminen.

Hänen isänsä oli vitun pelkuri.

Kuten kaikki miehet.

He kävelivät jalkojensa välissä heiluvien pallojen hallinnassa, mutta heillä ei ollut rohkeutta käyttää niitä.

Vain nainen pystyi siihen.

Kipu oli liikaa.

Becky tarvitsi seksiä.

Se oli ainoa asia, joka sai hänet rauhoittumaan.

Seksi rauhoittaa kipua, jota hän tunsi sisällään.

Kipu siitä, ettei häntä rakastettu ja tulla hylätyksi, sai hänet tuntemaan itsensä likaiseksi ja kertakäyttöiseksi huoraksi.

Muutaman lyhyen hetken ajan intohimoinen suudelma, himokas impulssi, joka toisi hänet orgasmiin, ja hän tunsi itsensä parantuneeksi.

Kaikki hyvin taas.

Rakastettu.

Ainoa ongelma oli, että siitä oli tullut riippuvuus.

Ja kun kaikki oli ohi, sen jälkeen kun miehet lähtivät ja palasivat vaimoilleen tai seuraavan naisen luo, joka halusi levittää jalkansa, tuo pimeä paikka palasi.

Seuraavaan ratkaisuun asti.

Becky ei kestänyt sitä enää.

Se riitti.

Tällä kertaa joku aikoi maksaa.

LUKU III

Kosto on suloinen.

Tai niin he sanovat.

Becky pohti tätä, kun hän harjasi pitkiä mustia hiuksiaan meikkipeilissä.

Hän oli alasti, lukuun ottamatta mustia pikkuhousuja, joita koristaa pieni punainen rusetti.

Hänen 43-vuotiaat rinnansa olivat yhtä kiinteät kuin kymmenen vuotta nuoremman naisen.

Se oli yksi myönteisistä puolista, että ei voinut saada lapsia.

Hän on säilyttänyt vartalonsa ja upeat viehätysvoimansa pidempään.

Kun harjan harjakset liukuivat hänen hiuksiinsa, hän koki tyyneyttä, jota hän ei ollut tuntenut vuosiin.

Jotain alkoi lopulta kehittyä hänen sisällään.

Hän ei ole enää uhri.

Hän kamppaili.

Hänestä tuli soturi.

S valitsi meikistään tummanpunaisen huulipunan ja levitti sen varovasti huulilleen ja lisäsi hieman täyteläisyyttä antamalla ylimääräisen millimetrin reunan ympärille.

Väri täydensi hänen tummia hiuksiaan ja oliivinpunaista ihoa antaen hänelle hieman välimerellisen ilmeen, joka ei olisi voinut olla kauempana hänen brittiläisestä perinnöstään.

Hänen oli myönnettävä, että se näytti hyvältä.

Hänellä saattoi olla hieman röyhkeää ääntä kaikesta tupakoinnista ja paskasta lapsuudesta, juomisesta puhumattakaan, mutta hän tiesi kuinka esiintyä seksissä.

Hän oli oppinut tämän taidon äidiltään, ja kun hän tajusi, kuinka kovia pohjoisen tytöt olivat, hän oli myös oppinut käyttämään sitä hyväkseen.

Seksikkäillä tytöillä oli voimaa.

He pystyivät hallitsemaan miehiä kehollaan, tuoksullaan ja provosoivalla ilmeellä.

Kun Becky ajatteli sitä, hän tajusi, että se oli antanut hänelle mahdollisuuden selviytyä niin monta vuotta.

Hän nousi seisomaan ja käveli täyspitkän peilin luo.

Hän kallisti päätään sivulle ja kupli hänen rintojaan.

Hän nyökkäsi juuri maalatuilla huulillaan.

Kyllä, hän näytti tarpeeksi hyvältä syödäkseen jotain herkullista.

Ja syömään sinut myös, hän ajatteli aistillisesti nauraen.

Sängyssä oli punainen mekko.

Lyhyt.

Erittäin provosoivaa.

Matala pääntie näyttää tissit.

Hän liukui paljain jaloin siihen ja veti sen ylös vartaloaan pitkin.

Hän katsoi peiliin, hän kääntyi ympäri ja painoi hänet kiinni.

Hän ihaili silkkistä kangasta, ryppyistä lantiolla, mikä korosti hänen tyypillistä tiimalasin muotoa.

Oven vieressä oli rivi korkokenkiä.

Becky käveli luokse ja liukastui jalkansa punaiseksi pariksi.

Tämän illan väri oli helakanpunainen.

Punainen verelle ja murhalle.

LUKU IV

Taksinkuljettaja pysähtyi klubin ulkopuolella.

Becky huomasi, että ovien vieressä oli kaksi pomppuria.

Hän maksoi taksinkuljettajalle ja astui ulos katuvaloon, pehmeä ilma kosketti hänen paljaita olkapäitään, kun klubin musiikki jyskytti hänen jalkojensa alla.

Hän sulki taksin oven ja käveli sisäänkäyntiä kohti laittamalla pienen punaisen laukkunsa hihnan olkapäälleen.

Meeting Place oli moderni herrasmiesklubi, joka oli ilmestynyt kaupunkiin pari vuotta sitten.

Kaiken ikäiset miehet saapuivat sinne trendikkäimmissä puvuissaan, kylpeen partavesipulloissa yrittäen houkutella pohjoisen tyttöjä, jotka ryntäsivät heidän tuoksuihinsa kuin nartut kuumuudessa.

Becky ei ollut poikkeus.

Mutta tänä iltana hänellä oli mielessään yksi mies.

Paikka oli vilkasta toimintaa, kiireinen keskellä viikkoa.

Laulaja esiintyi lavalla huoneen toisella puolella ja baari toisella puolella oli täynnä vanhempia miehiä, jotka olivat kumartuneita olutlasien päällä.

Miehet ja naiset istuivat suurella pöydillä täytetyllä alueella huoneen keskellä, juttelivat ja katsoivat lavaa kohti.

Becky suuntasi baariin ja kutsui komean nuoren baarimikon, jolla oli lesken huippuhiukset.

"Onko Ricky täällä tänä iltana?" hän kysyi.

Tarjoilija nyökkäsi. "Takaisin."

Becky hymyili hänelle ja käveli pois tiskiltä huomaten, että vanhempien miesten katseet olivat siirtyneet juomistaan häneen.

Hän varmisti, että heillä oli hyvä näkymä hänen taakseen, kun hän katosi käytävään, joka johti takaosan toimistoihin.

Ricky Morris oli viiden yökerhon omistaja Mainen alueella.

Hän oli ansainnut rahansa 90-luvulla ovelista kaupoista ja avannut herrasmieskerhojen ketjun, joka oli ollut välitön hitti pohjoisen pirteän poikien keskuudessa.

Hänet tunnettiin myös stripparien ja prostituoitujen kanssa työskentelystä, asiakkaiden tarjoamisesta ja heidän voittojensa leikkaamisesta.

Lugar de Encuentron julkaisussa .

Kaikista viehättävistä naisista ja kauniista tytöistä sinä iltana hän oli se, jota hän oli lähestynyt.

Ehkä hän tunnisti hänessä jotain itsestään, maskuliinisen piirteen, joka vetosi hänen kunnianhimoiseen ja yrittäjähenkeen.

Nainen, joka ei kumartaisi tai närkäisi rahojensa ja hyvännäköisensä vuoksi.

Nainen, joka leikkisi kovasti saadakseen haluamansa.

Becky koputti hänen oveensa, mutta ei odottanut vastausta.

Kun hän astui huoneeseen, hän näki lihan välähdyksen ja haisi seksin erehtymättömän tuoksun.

Parikymppinen nainen makasi pöydällä paljaat rinnat paljastuneena mekon läpi, joka oli vielä kiedottu hänen vyötärönsä ympärille.

Ricky nai häntä seisoma-asennosta, mustat housut nilkkojen ympärillä, hiki kimalteli hänen ajeltuaan päähän.

Hän käänsi päätään keskeytyksen johdosta.

"Vittu." Hän vetäytyi naisesta ja Becky näki hänen suuren kalunsa, kiihotuksesta turvonneen, liukkaan naisen mehusta.

Kun hän näki, kuka oli tullut huoneeseen, hän huokaisi, kumartui ja veti housunsa ylös.

Nainen pöydässä peitti rintansa ja yritti peitellä hämmennystä aistillisella naurulla.

Pieni lutka, Becky ajatteli kävellen häpeämättömästi toimistoon.

Ricky oli kiinnittämässä nahkavyötä vyötärölleen, kun hän pudisti päätään, jotta tyttö lähtisi.

Peitti edelleen rintansa, hän liukastui nöyrästi pois pöydältä, tarttui korkokenkiinsä ja tippui ulos huoneesta.

Ricky käveli pöytänsä ympäri ja katsoi Beckyä silmäkulmastaan punaisena.

Hän otti nenäliinan paidan taskustaan, pyyhki kulmakarvansa ja kurkotti laatikkoon hakeakseen hopeisen tupakkakotelon.

"Mille olen ilon velkaa?" hän sanoi, avasi laatikon ja otti värillisen savukkeen.

Hän tarjosi yhden Beckylle.

Hän piti katseensa hänessä, kun hän käveli pöydän luo ja otti yhden savukkeista.

Se oli helakanpunainen.

" Tarkistatko jälleen tavaroiden laadun?" hän sanoi ja laittoi punaisen savukkeen huultensa väliin.

Ricky siristi teräviä sinisiä silmiään sytyttäessään savukkeensa ja nosti sitten sytytintä sytyttääkseen Beckyn.

"Mitä järkeäsi keskeytät minut, kun kävelet tänne ilmoittamatta?"

Becky hengitti hieman sytytettyä savuketta.

Hän karkoitti kattoa kohti kulkevan savun ohuella langalla.

"Näen, että olet ollut kiireinen viime aikoina."

Hän katsoi alas pöytään hymyillen.

Lasin pinnalla oli edelleen hikoilujäljet naisen pakaroiden kohdalla.

Ricky istui raskaasti.

Becky saattoi melkein kuulla hänen sydämensä hakkaavan, veren pumppaavan edelleen hänen kehossaan keskeytyneestä seksisessiosta.

Hän tutki häntä uteliaana.

"Olet valmis?"

Becky pudisti päätään.

"Mitä sitten? Huomaan sinussa jotain erilaista."

Becky työnsi hiuksiaan taaksepäin ja katsoi Rickyn pään takana hehkuvaa suurta akvaariota.

Isot kalat hyvin pienessä lammikossa, hän ajatteli haikeasti.

Hänellä saattoi olla rahaa ja valtaa naisiin, mutta istuessaan tuolissaan tietämättä mitä oli tapahtumassa, hän oli yhtä heikko ja säälittävä kuin kaikki muutkin miehet.

"Luulen, että sen täytyy olla kuukauden sää", hän sanoi kuivasti.

Hän otti laukun olaltaan ja asetti sen varovasti pöydän lasipinnalle.

Ricky katseli hänen liikkeitään kiinnostuneena.

Hän käveli pöydän ympäri ja lepäsi pakaroitaan sen kovalla reunalla.

Ricky pyöritti tuoliaan, nojasi taaksepäin ja tutki häntä.

"Olet hyvällä tuulella", hän sanoi varovasti.

"Milloin en ole?" hän vastasi.

Ricky hymyili.

Hän rakasti sitä hänessä.

Se rohkea ja halukas halu seksiin.

Varsinkin naiselta.

Hän sai hänet lujasti sekunneissa. Becky odotti näkevänsä hänen kukkonsa heräävän uudelleen, kun hän liikutti kehoaan esitelläkseen rintojaan.

"Sinä olet huora", Ricky sanoi. "Mikään ei estä sinua, eikö? Ei edes huolimattomat sekuntit pienellä lutkalla."

"Hän oli vain alkupala. Minä olen pääruoka. Oikeaa seksiä."

Becky vaelsi pukeutumistaan reideseensä ja liukui sormensa jalkojensa väliin.

Hän oli riisunut pikkuhousunsa ennen kotoa poistumistaan, joten hän pääsi helposti hänen jalkojensa välisiin paljaisiin huuliin.

Hän katsoi Rickyä ja otti vielä tupakasta.

Hänen housuissaan edelleen kasvanut pullistuma kertoi hänelle, että hän aikoi olla hänen sisällään sekunneissa.

Hänen pillunsa kostui ajatuksesta, ja sitä pahensi tieto, että tällä kertaa tyytyväisyys olisi suloisempaa kuin mikään muu.

Hän laittoi kätensä lasipinnalle jättäen tahmeita jälkiä myskin pillua, ja liikutteli itseään, kunnes hän asettui suoraan Rickyn eteen.

Hän asetti molemmat kantapäät tuolin käsivarsille ja levitti jalkojaan, jotta hän näki täydellisen kuvan siitä, mitä hänen jalkojensa välissä oli.

Kiihtymys välähti Rickyn silmissä, kun hän katsoi alas ja näki pienen punaisen mekon alla piilossa olevan makeisen.

"Mitä minun pitäisi tehdä sen kanssa?" Hän sanoi sarkastisesti ja kohotti kulmakarvojaan.

Kyynärpäänsä pöytää vasten Becky onnistui silti tupakoimaan ja vastasi kiihkeästi hymyillen.

Sanaton.

Ricky sammutti savukkeensa ja murskasi sen häpeämättä lasille.

Hän hengitti sieraimiensa kautta, ehkä saadakseen tuoksuvan maun tulevasta, liottamalla pitkät sormensa kauniiden huultensa edessä.

"Aion syödä sinut, kunnes pilluasi tippuu suuhuni."

Becky tunsi ulkosynnyttimen kihelmöivän, kun hän puristi lihaksiaan.

Hän oli aina rakastanut poikaa, joka halusi syödä pillua.

Ricky oli iloinen voidessaan kyllästää kasvonsa hänen mehussaan, tehden kielellään asioita, jotka lähettäisivät hänet jonnekin muualle.

Se olisi inhimillisin tapa lähteä, hän ajatteli.

Euforinen pelko.

Hänen suuret kätensä koskettivat hänen polviaan ja hän levitti hänen jalkojaan entisestään.

Becky katsoi häntä synkän lumoutuneena ja näki kiihottumisen hänen teräksissä silmissään.

Hän nuoli huuliaan leikkisästi.

Becky hymyili tietävästi.

Sitten, ennen kuin hän ehti tehdä mitään, hänen päänsä oli hänen jalkojensa välissä ja hänen kuuma, märkä kielensä työskenteli hänen sisällään.

Beckyn pää putosi taaksepäin, kun hän haukkoi mielihyvää.

"Voi vittu."

Ricky liikutti päätään ahneasti nuoleen hänen tahmeaa lihaansa.

Syö, maista, hengitä sen myskin tuoksua.

"Herkullista", Becky kuuli hänen sanovan syvällä Vermont-aksentilla.

Hän ajatteli, ettei hän millään voinut maistaa jotain niin herkullista kuin suloinen kostonsa.

Ricky avasi housujensa vetoketjun ja veti kukkonsa esiin, nykien hänet irti nopeilla, kovilla vedoilla ranteestaan.

Becky ihmetteli hetken, pitikö hän hänen pillua parempana kuin se, jota hän oli vitun minuuttia aiemmin.

Sitten hän päätti, ettei hän enää välitä.

Kaikki miehet olivat tasa-arvoisia.

Kusipojat, jotka pahoinpitelevät huoria ja imevät pilluja. Vaikka heillä olisi mahdollisuus lähettää sinut paikkoihin, joita et tiennyt olevan olemassa.

Rickyn kieli oli jumalallinen!

Becky katsoi alas ja näki kiiltävän, pyöreän päänahan nousevan ja laskevan.

Tämä oli hänen hetkensä.

Hengitettyään hän pysähtyi hetkeksi ja toi sitten reidet yhteen yhdellä nopealla liikkeellä lukiten Rickyn kaulan hänen jalkojensa väliin.

Hän tukehtui ja yritti siirtyä pois, mutta turhaan.

Becky kurkotti punaiseen pussiin ja veti esiin veitsen.

Hän tarttui kahvaan molemmin käsin ja nosti sen Rickyn pään yläpuolelle.

Hän jatkoi löysäämistä tarttuen hänen reideseensä levittääkseen ne auki.

Mutta hän ei voinut tehdä sitä.

Hän ei voinut antaa veitsen pudota päähänsä.

Nyt kun hetki oli täällä, se ei enää tuntunut fantasialta.

Se tuntui painajaiselta.

Hän ei ollut murhaaja.

Hän ei voinut tulla jotain mitä hän ei ollut.

He olivat tappaneet hänet sisältä ja hän halveksi heitä sen takia, mutta kylmäverinen tappaminen muutti hänestä jotain muuta.

Se teki hänestä vähemmän kuin he.

Becky vapautti reisiensä paineen Rickyn päätä vasten.

Hän nousi ansasta huohotellen ja hieroen niskaansa.

"Hullu vitun narttu", hän huusi. "Mitä pelaat?"

Becky oli jo piilottanut aseen käsilaukkuun ennen kuin Ricky sylki vihansa.

"Ajattelin, että voisit kokeilla jotain hieman karkeaa", hän huokaisi yrittäen parhaansa mukaan peittää pelon äänestään.

Ricky työnsi jalkansa erilleen ja nousi ylös.

"En voinut hengittää!"

Becky näperteli mekkoaan ja nousi lasipöydältä.

Seisoessaan hän huomasi epäilyttävän ilmeen Rickyn silmissä.

"Voi, tule", hän sanoi. "Se oli tavallaan hauskaa."

Hän onnistui säilyttämään hymyn, kun hänen sydämensä hakkasi kiihkeästi hänen rinnassaan.

Ricky ei sanonut mitään, etsiessään silmiään jonkinlaista petosta.

Hän olisi ainoa, jolla olisi verta käsissään, jos hän tietäisi naisen suunnitteleneen tappavan hänet.

Becky käveli häntä kohti ja kumartui lähelle hänen kasvojaan.

Hän suuteli hänen punaista poskeaan jättäen punaisen huulensa hänen iholleen.

"Olen saanut tarpeekseni tälle päivälle. Lähden paremmin", hän sanoi.

Hän otti laukkunsa pöydältä ja käveli ovea kohti.

Hän tunsi Rickyn katseet itsellään.

Läpäisevä.

Syyttävä.

"Odota", hän sanoi.

Becky pysähtyi.

Hänen sydämensä jäätyi.

Hän kääntyi hitaasti ympäri.

Rickyn tummia ääriviivoja reunusti akvaarioveden kirkas hehku, kun hän odotti hänen puhuvan.

"Sinä haluat rahasi", hän sanoi.

Becky rypisti kulmiaan.

"Mitkä rahat?"

"Maksan aina suosikkitytöilleni."

Becky tutki hänen silmiään.

Mitä hän oli tekemässä?

"Et ole koskaan tehnyt sitä ennen."

"On aika tehdä se."

Hän nappasi pöydältä shekkikirjan.

Hän otti kynän paidan taskustaan ja raapui siihen jotain.

Kun hän toi sen Beckylle, hän tunsi sen pistävän hänen niskaansa.

Ricky antoi hänelle shekin.

Becky otti sen ja katsoi määrää.

Neljäkymmentä tuhatta dollaria.

Hän kalpeutui ja katsoi Rickyyn epäuskoisena.

"Ehdollisista palveluista", hän sanoi.

Becky katsoi takaisin vahvaan hahmoon.

Neljäkymmentä tuhatta dollaria.

Hän maksaisi asuntolainansa.

Hän voisi hankkia uuden auton.

Nouse kellumaan.

Osta uusia vaatteita.

Suunnittelija kengät.

Ricky ei hymyillyt katsoessaan hänen tutkivan shekkiä.

Hänen katseensa oli huolestuttava.

Becky katsoi hermostuneena teräksensinisiin silmiinsä.

Hän tiesi, että hän oli yrittänyt tappaa hänet.

Hän maksoi siitä.

Ota rahat, jätä minut rauhaan, älä tule.

Hän ei halunnut tuottaa hänelle pettymystä.

Hän onnistui hymyilemään ja kääntyi sitten poistuakseen huoneesta vapisevan kätensä pitäen edelleen hänen uutta omaisuuttaan.

PAREMPI TEHDÄ KOLMIKKO

78

Me kolme halailimme sohvalla katsomassa pirteää HBO-elokuvaa.

Olin keskellä, nojaten poikaystävääni Peteriä ja hänen parasta ystäväänsä Rickyä vasten, joka nojasi sohvan toista puolta vasten.

Peter käänsi päänsä meitä kohti ja kommentoi, ettei hän tekisi sitä, mistä olimme aiemmin puhuneet.

Tuijotin televisiota ja katsoin naisen tapaamista kahden miehen kanssa.

Ricky liikkui hieman sohvalla.

"Joo, näyttää siltä, että se voisi olla hauskaa." Sanoin vain katsoen näyttöä ja naurahdin.

Seuraavan asian, jonka tiesin, Peter alkoi juosta käsiään sivuillani ja kurkotti paitani alareunaan ja veti sitä.

Ricky tuli hieman lähemmäs ja alkoi hieroa jalkaani katsoen silmiini.

Tuntui kuin koko kehoni hyppäsi liikkumatta.

Peter istutti minut alas ja riisui paitani, rintani lepäävät mustissa pitsiliiveissäni, nännit kovilla ja työntyivät kangasta vasten.

Sitten hän painoi vartalonsa omaani vasten, kietoi kätensä seläni ympärille ja ranteeni räpyttelemällä rintani vapautuivat.

Peter alkoi imeä tissejäni, kun Ricky liukui kätensä alas shortsieni nappiin.

Tunsin kastuvani, kun Ricky avasi shortsieni napit ja veti ne alas lantiostani ja jaloistani.

Hänen yllätyksekseen hän ei käyttänyt pikkuhousuja.

Ricky nuoli huuliaan ja siirsi kasvonsa lähemmäksi märkää pilluani.

Huokaisin, kun tunsin hänen kielensä tunkeutuvan huulilleni ja hyväilevän klilistani, jolloin Peter imesi nännejäni kovemmin.

Liudotin hänen kätensä alas hänen housuihinsa ja aloin ottaa niitä pois.

Levitän jalkojani vielä pidemmälle, jotta Ricky pääsisi helpommin käsiksi.

Sydämeni alkoi sykkimään, kun se, mitä tapahtui, alkoi asettua päässäni.

Kun Ricky nuoli nälkäisesti märkää pilluani, hän riisui housunsa ja perääntyi vastahakoisesti vetääkseen paitansa päänsä päälle.

Ricky alkoi sitten vetää lantiotani vetäen persettäni sohvan reunaan, hän nousi seisomaan ja näin hänen kovaa, sykkivää kaluaan juuri ennen kuin hän painoi sen huuliani vasten, hieroen turvonneen klitorikseni pituutta .

Kun Peter nousi seisomaan, hän riisui paitansa ja heitti sen sivulle.

Sitten hän kiipesi sohvalle, hänen kalunsa tuuman päässä kasvoistani ja laittoi toisen jalkansa jalkojeni päälle.

Voihkaisin, kun Ricky työnsi kukkonsa pilluani ja täytti minut kokonaan.

Puristin vaistomaisesti otettani hänen jäsenensä ympäriltä.

Ojensin kieleni ulos ja silittelin sitä Peterin ison kakun kärjen yli, nojaten pääni eteenpäin ja kietoin huuleni turvonneen pään ympärille.

Peter nojasi toisella kädellä seinää vasten ja liukui toisen sormet hiuksiini ohjaten päätäni varovasti, kun imetin hänen kukkoaan.

Ricky juoksi käsiään ylös ja alas kylkiäni ja tarttui lantioonni pitäen minua paikallaan, kun hän nai minua.

Valitukseni katosivat häneen.

Aloin rock minun lantiota vastaan Ricky uppoaa hänen sykkivä kalu syvemmälle minun tiukka märkä pillua.

Aloin jäljittää Peterin reiden sisäpuolta, vedin käteni hänen täytteisiin palloihinsa ja aloin hieroa niitä hellästi antaen niiden pyöriä pienessä kädessäni.

Voihkaisin jälleen, suuni täynnä Peterin kukkoa.

Tunsin hänen kukkonsa pään koskettavan kurkkuni takaosaa ja maistuvan kielelläni precum.

Peter nojautui taaksepäin, hänen kalunsa sykkii edelleen kovasta imemisestäni, ja kiipesi sohvalta pitäen käteni omaansa.

Nousin istumaan ja Ricky veti kukkonsa ulos innostuneesta pillustani.

Peter vei minut makuuhuoneeseen, istui sängylle, tarttui ohuisiin lantioni ja käänsi minut ympäri.

Ricky seisoi edessäni, silitti kovaa kaluaan, kun Peter levitti perseeni poskia.

Ricky sitten tarttui lantioni ja auttoi minua tasapainossa, kun hän auttoi sijoittamaan Peterin kukko edessä minun tiukka pieni reikä.

Polveni painuivat rintojani vasten, kun tunsin Peterin märän kalu painavan tiukkaa persettäni vasten.

Voihkaisin, kun hänen kukkonsa tunkeutui hitaasti perseeseeni.

Ricky työnsi ylävartaloani takaisin ja työnsi kukkonsa takaisin pilluani.

Nojautuen taaksepäin, käsivarreni tukemassa minua, perseeni ja pilluni täynnä kukkoa, voihkaisin äänekkäästi ja purin alahuultani.

Kaksinkertaisen tunkeutumisen aiheuttama kipu ja nautinto oli melkein liikaa kestettäväksi.

Peter liukui hänen kahdeksan tuuman kalu syvälle perseeseeni, täyttäen sen kokonaan ja sitten alkoi liikkua hänen lantionsa.

Hänen kätensä rintani ympärillä hieroen rintojani.

Ricky pumpattiin raivoissaan kuumaan, märkään pilluani.

Hänen hengityksensä vaikeutui ja hänen kätensä lantiollani pitivät minua paikallaan.

Puristin tiukasti heidän molempien kalunsa ympärille ja tunsin oman huippuni alkavan rakentaa.

Peterin kukko turvonnut perseessäni puristaessani ja hän alkoi naida minua nopeammin, voihkien tehdessään niin.

Ricky sulki silmänsä ja alkoi tuntea, että tuttu lämpö hänen kukko, kun hän pumppaa sen tasaisesti minun pillua.

Voihkin melkein jokaisella hengityksellä ja halusin tuntea niiden räjähtävän sisälläni.

Puristin kovemmin.

Peterin ruumis alkoi täristä allani, kun hänen kukkonsa räjähti ja täytti perseeni hänen paksulla cumllaan.

Hänen valituksensa sekoittuivat Rickyn ja minun valituksiini.

Hän kietoi kätensä rintani ympärille tiukasti, kun hänen huipentumansa saavutti huippunsa, pumppaten hänen kukkonsa spurtteja sisään ja ulos tiukasta perseestäni.

Kun Peter tuli perseeseeni, tunsin oman huippuni alkavan tehdä kehoni jännittyneeksi ja pilluni supistuvan Rickyn cum-täytetyn kukon ympärille.

Aloin liikuttaa lantioni rytmissä Rickyn liikkeiden kanssa, haluten cum hänen kukkonsa ympärille.

Heitin pääni taaksepäin ja voihkin niin kovaa, että melkein huusin huipentuessani kukko jokaisessa reiässä.

Ricky ei voinut pidätellä enää pidempään, hän päästi irti ja täytti pilluni spurtsilla.

Me molemmat tärisimme, aivohalvauksistamme tuli hitaampia ja voihkaisumme pehmenivät, huipentumamme laantuivat.

Ricky kumartui eteenpäin, suuteli minua pehmeästi ja hymyili, kun hän veti kukkonsa ulos pussustani ja auttoi minut sängystä.

Peter nousi nopeasti ylös, seisoi takanani, kietoi kätensä vyötäröni ympärille ja suuteli poskelleni.

Hän sanoi naurun välissä:

"Kyllä, se oli todella hauskaa... "

LOPPU